黃春明作品集11

聯合文叢 652

跟著寶貝兒走

●黃春明／著

目次

《跟著寶貝兒走》序

「老不修！」

早前，有關色情也好，情色也罷，其觀念或是行為，是非常封建保守的。哪像今天，在大眾傳媒浸透之下，全都公然曝光了。以八十五歲的我來說，從以前貧困的農業社會，逐步跟著走進今天的太空、核能，什麼奈米、數位啦，到手機成為全球化的時代，我都耳聞目睹，體驗到有關色情方面的變化。有時候年輕人也會勸我，說要跟上時代；我也知道，不然就落伍。可是這次寫的《跟著寶貝兒走》，其中牽涉到不少桃色和色情的情節，讓人乍看之下，我不知道現在的人的看法，我自己就天人交戰不休；寫也不得，棄也可惜。

這也使我深深體會到，我自己至少有兩世代的我，存活在我的心裡。其中封建的我自咎不該；現在的我，只好搬出種種實例和理由，抵擋根深蒂固的閉塞觀念：說《金瓶梅詞話》黃不黃？它在文學院裡被肯定為文學經典之一。再者拿英國的D‧H‧勞倫斯的《查泰萊夫人的情人》來說，書中夫人和園丁的性愛，有十三次之多；一九二七年出書即刻遭禁，但沒幾年不但開禁，還被歸類為世界名著。當然我不敢將拙作跟他們相比，只是借彼舉例類比而已。再說，拿今天臺灣的文學雜誌來翻翻，現在的年輕作家，男男女女，在他們的作品中，描述到性愛是那麼稀鬆平常。而我現在跟他們活在同一時空，那些罣礙，不止沒有必要，還是落伍的。主要的問題是，不可為色情寫色情，多少要呈現社會的某些面向，讓讀者思考。只有這樣，才沒有違背我過去的創作理念。

「老不修！」這是一句罵人的話，是罵年紀較大的男人。但是說它是一句罵話，在過去臺灣罵人髒話、粗話、渾話一大堆裡面，「老不修」一語，跟其他比起來，它算是一句恥笑或是警告罷了。那是針對年紀較大了的男人，他在言語上觸犯了有關性方面的禁忌，被輕聲指責，或是一語笑罵而已。三字經的國罵，經常由街頭巷尾躍進耳朵的鼓膜，或爭吵成為電視新聞時，早就見怪不怪了。然而「老不修」一語，好像隨著農業時代消失了。難怪令現在的年輕人，為此感到陌生。

「老不修」這句恥笑的辱罵，為什麼悄然逝去了聲影？簡單來說；農業社會與現在比起來，是非常閉鎖封建的時代。特別是有關男女的情事，包括言語，都有其約定俗成的規矩。在這些規矩裡面，女性被拘束得更為嚴緊。例如從罵話來看；男人罵男人、男人罵女人、女人罵女人、女人罵男人、大人罵小孩、小孩罵大人，都有很大的差別的。就以男人互罵來說，從「幹」字的一個單音，到三字經，甚至五字、七字、九、十一、十三個字都以奇數為句；唯有奇數收尾才有力，並且所有語句都跟性侵有關。已經記不太清楚，在年少時，曾經做了一點紀錄，男人罵男人就有一百多句。男人罵女人，一樣不堪入耳的，也不下一百句。反過來，女人罵男人的罵話，三十句不到，但跟性都扯不到關係，大多是詛咒或是不吉利的話語。例如「路旁屍」、「歹心烏魯肚，要死初一十五」、「五雷擊頂」、「死沒人哭」、「畜生」、「禽獸」、「狗養的」之類。

在農業社會，族群或是同鄉同村的人口很少移動，不是相識就是面善；往好的去看就是親和，也因為大家熟悉了之後，自然就產生互為制約的功能。為了面子關係，不敢在熟人面前做壞事，說髒話。在異鄉，在陌生人面前就似乎牽扯不到面子。當時被指為小偷，倒不是那麼嚴重。如果被認定是性侵，性擾騷的話，那整個面子就掃地。也因為如此，當時除了男人的言語之外，行為上性犯罪的人少而又少。時而有男人開黃腔，那也是在一處沒有外人，又是輩分相差不大的地方，當著講笑話疏放自己對性的壓抑。

我念初中的時候，常跑去對面同學的家找他大哥鬼混，最愛聽他開黃腔說渾話。有一次，他開黃腔說了一則渾話，在場的人沒有一個不笑；我抱著肚子大笑不停，實在太好笑，它渾得叫我現在也不好意思說出來。朋友的大哥看我笑成這樣，他急著問我：「你以前沒聽過？」「沒有。」他不信。他說那是我爸爸說給他聽的。真的，到我長大成人，我父親從來不曾給我開過黃腔，說過渾話。可見那時候的保守。

有一回，我和爺爺看我們鄉下的子弟戲。那時所有的演員全是男人，其中有旦角，也是男人反串。他們的臺詞就像平劇，聽不懂。那次演的是《羅通掃北》，漢將把契丹女將的槍撥落掉地，他放下自己的雙槌，緊緊抱住女將在舞臺上直打轉。就這樣，臺下的男觀眾看得十分開心，爺爺也樂得笑個不停，口水也流出來了。我實在看不出有什麼好笑。問爺爺，爺爺看著仍然在打轉的戲說：「你沒看到？蕃兵女將被羅通的釘子釘著了。」小學生的我還是不懂。後來我稍長大了，每年的迎神賽會，那一團子弟班，仍然演《羅通掃北》那一段的折子戲，就可以贏得觀眾的喜愛。可見當時男女的關係，是保守到只要跟性扯到關係，就令男人感到刺激，而更加好奇。

四、五十年前，臺北前站下車，走出車站向右走入店家的走廊，直到生生皮鞋店，右轉走進延平北路，不越過平交道的這一段，總是會有幾個年輕人來回故意跟男人擦肩，並小聲問你：「要不要？」需要的話帶到某角落，拿出一疊裸女的黑白照片，由客人挑選。生意不錯，只有臺北市有。外地人買了幾張回去之後，在朋友之間當寶炫耀。

再過來，就是黑貓歌舞團的大腿舞；一排一、二十個僅穿三角褲和奶罩的小姐，往後串手成排，隨著嘉禾舞曲，左左右右，四拍子一音節就抬腿一次。全場只有男性觀眾，他們有椅子不坐，盡量站在舞臺的邊沿，擠不到前面的，緊貼前者的背後。舞女一步一步跨左，跨到盡頭，再由左一步一步跨到右。有趣的是，觀眾的頭很有秩序地跟著舞女的舞動。音樂一開始，臺下的頭就跟著舞者的移動，轉過來，轉過去，離遠的人除了偏頭，最後連身體也隨著傾斜。這樣隨著音樂和舞女的舉腿，整座爆滿的人頭就像海浪，一波一波地湧動。更有趣的是，竟有天才，不一下子就替嘉禾舞曲套入臺語的歌詞，只要唱一次，就沒人不會唱。歌詞的意思是：「我的三角褲就讓你看。」但是它是用日語和臺語混在一起唱的：「哇答息諾，三角褲嘛，給，你，看！」就這樣，男人男孩子們，特別是休假的阿兵哥們，都會 Hi 到不行。對了，那是六十年代，我在三重埔的戲院觀賞過這類的舞蹈。再來就是，整個城市跑透透的牛肉場，編一些黃色笑話的短劇，連主持人和男歌手都可以向女藝人、女歌手，以雙關語大吃她們的豆腐，營造了高票房。這使得黑道介入搶人，動武的事情也常發生。後來電視臺將他們延攬到綜藝節目，歷久不衰，因為一般人平時不便談性，看看牛肉場，看看綜藝節目總算可以填補他們的遺憾。

一提到六十年代，那時臺灣的農業社會開始崩解；農村的年輕人，開始往都市，特別是臺北，或是往勞力密集的加工區的衛星城鄉外移。臺灣的人口結構，因而大幅改變；都市人口年輕化，農村的人口高齡化。在這種情形下，就以婚姻來說，讓老年人甚感不安，甚至憤怒的是，他們對男女雙方，跟他們家人都不相識，也沒媒婆牽線，年輕人就憑自己做決定？真是豈有此理！但罵歸罵，男女在異鄉互看順眼，也就跟好萊塢電影學習，談起戀愛，相擁接吻。沒想到上千年的傳統文化，很快地就被年輕人翻轉過去。我們在上中學的時候，同學因為談戀愛被記過，寫給女同學的信，被訓導主任貼在學校的公布欄。曾幾何時，那都不算什麼了。今天，男女同學的大學生，要同居就同居，有避孕藥，有套子，朋友要劈腿就劈腿，這些男女關係，都成為現今約定俗成的平常事了。

古板的以前，有關性行為被約束得很緊，說的比做簡單多多，所以開黃腔說些黃色笑話解解悶。舉個較為接近現代的一則來說：在韓戰的時候，美國野戰醫院的傷兵中，有一位士兵頭頂的正前方，被炮彈的爆片削去一片頭皮。同時有一位女護士，中彈殤亡。野戰醫院的醫生，將護士的陰毛，移植到士兵的頭上。醫生特別吩咐：這位阿兵哥醒來之後，絕對不可以告訴他，說頭皮怎麼來的。不出醫生所料，阿兵哥醒過來之後，一直問身邊走過的醫療人員，他的頭皮怎麼來？他問了差不多一個月，最後有一位護士被纏得鬆了口，說出由來。他高興的說：難怪，摸起來怪舒服的。隔一個晚上，第二天一早阿兵哥竟然死了。因為腰椎部分的脊椎骨，往背後折斷了。為什麼？賣個關，讓自己想出答案才有意思。

不過開黃腔說黃色笑話，或是看A片，已經沒有以前熱門，時代確實在變，變得很快。想跟上時代的老人，在後頭越追越拉得遠。八十五歲的我就有這種情形，要不然我就不必要花力氣，花時間，想方設法，去說服那個怕人笑他「老不修」的我。

真不好意思，完全是為了消除自己的矛盾心理，自言自語瞎掰一些話，來當我的新作《跟著寶貝兒走》的序言，其實叫做戲言還差不多。抱歉，請多多指教。

老朽春明

O73O’O19

一、去死吧！

人還是要時常有所期盼，有了期盼就有自己搞不清楚的能量。方易玄時常跟朋友這麼說。其實他沒那麼老，只是他的體力好，常常找事情挑戰自己，把它當著生活上的樂趣。

這次陸戰隊的特訓叫覺明。部隊長說，我們陸戰隊員，要具有順風耳的聽覺，同時也要具備千里眼的視力。順風耳的本名叫高覺，千里眼叫高明，我把這兩個人的名字連在一起，做為我們特訓號稱。方易玄和現在的年輕人一樣，只知道哈利波特，蜘蛛人，對《東周列國志》、《封神榜》，毫無認識。不過千里眼和順風耳，在家鄉的媽祖廟，倒是從小就見過。覺明特訓是要他們陸戰隊員，頭一頂鋼盔，身著一襲迷彩裝和軍靴，背上揹一包降落傘。在裝備上帶一把衝鋒槍，但不帶子彈，還佩戴一把藍波刀，和一只指北針，一只打火機，一餐的乾糧，一壺水。然後用叫做老母雞的運輸機，將他們帶到南部中央山脈863高地空投下去，並限定三天的時間七十二小時之內返回車城基地。出發前部隊長的訓話，要他們竭盡可能，在絕境求生。最後部隊長大聲吼著問：聽懂了嗎?!全隊四十八個人齊聲回答：懂！他連問三次，都一樣得到雷聲般的回答：懂！沒想到，部隊長竟大聲地送給他們一句話：很好！去死吧！聽了這句話大夥都笑起來了。

老母雞的後斗梯已經放下來了。士官長在那裡緊急的吹著哨子，緊催大夥兒上飛機。隊員帶著笑聲，有的還說著好玩，說去死吧！上了飛機，約莫飛了四十分鐘，排長發出口令要大家把扣環扣好，飛機在863高地上空盤旋了一圈，機門一開，下面是一片野生的茅草，但邊端卻是銳度頗高的斷崖。隊員一個捱一個往下跳；落到地面前如果遇到陣風，就各自分東分西了。

方易玄安然降落地面之後，就想著爭第一名。獲得第一名，有一個星期的榮譽假，回去找入伍前才交到的萓瑩。一想到萓瑩她，就想到她特殊的叫床。以他同時擁有好幾個女朋友，論身材，論容貌，她還排在三、四名，可是一想到她死去活來的叫床勁，和身體不停的絞扭，他就神魂不定，好渴望爭取到榮譽假，一回去就要把她摟在懷裡抱得緊緊的。好像就這麼一個念頭，渾身就來勁，恨不得即刻就飛回營部。

當他被拋落地，一切相當順利；他操控降落傘，落在谷裡溪流的一塊小沙洲，他看看四周，並沒有看到伙伴。經他的判斷，其他人都落到稜線上的樹欉和茅埔裡了。他自責沒操控好傘繩，遇到一陣側風，錯失定點落地。自嘆倒楣，又覺得慶幸，如果幾個人一塊回到營地就分不清誰是第一名了。他一開始就抱非得第一不可的決心，對體能的挑戰，他一向就很有信心。他知道無法順著溪流順水走到平地出海口。在中央山脈接近恆春半島，水的出口有三個截然不同的地方。東邊是太平洋，西邊是臺灣海峽，南端是巴士海峽，據指北針所指，他需要偏西 28°走；方向是如此，路和崎嶇坎坷的地形，可由不得人。由當前的情形，易玄得爬上右邊一百公尺高，六十度左右的碎石坡。要是由左邊的綠被灌木林爬上稜線，峭高也有兩三百公尺。雖然灌木林的斜坡，不管它有多陡峭，有樹和藤葛可攀爬，但是到了稜線之後，要回到右邊的方向，可能會被地形的阻礙，把人帶離偏遠了目標。所以由碎石坡上去是唯一的一途。易玄站在谷底，抬頭往碎石的坡頂一看，整顆心都涼了。他心裡叫屈地說：呀！登天哪！

既然是唯一的一途，心裡只好準備摔了。易玄知道碎石坡是無法直登，它需要利用物理的力偶，Z字形左右斜著走上去，並且身體要保持挺直，絕不可彎腰手扶坡面，身體一有傾斜，重心一偏，人就會滑下去。反過來向坡底的話，越高摔得越慘，甚至於可能要命。可是知道是知道，知道是一回事，做起來又是另外一回事。眼看天就要暗了，他心理有點急，他決定即刻就得攻頂碎石坡。他還慶幸沒下雨，要不然就真的比登天還要難。他左右斜著來回像走鋼繩，走了五、六趟，已有三十公尺高了。他小心每走一步，踩下去和抬起腳，腳邊的碎石就鬆動滑落一些，因為碎石粗大不細，踩下去的重力，壓不成緊密的地面，造成移動不穩。易玄才爬到三十多公尺高就摔過兩次，每次都跌到谷底再從頭開始。其實每次的滑落，他都有照訓練所要求的動作做；當人從斜坡滑倒時，不管是背天仰天，一定要把手腳伸直撐開，像一個大字。他做了，可是因為碎石太鬆，另一方面，降落傘的背包，無法讓他的背部全面貼地，他失敗了，並且膝蓋和臂彎和臉頰都有擦傷，尤其是左臉頰像有很深的抓痕，當時他只知道流了不少的血，但看不到它的嚴重性。

摔了第二次的時候，痛是痛，他卻覺得好笑。他想起跟女朋友做愛的時候，身上的一些傷痕，都可以成為話題，讓他敘說不完英勇的故事。那位小學的老師宜珊，聽他說起右太陽穴的疤痕的由來，說起他一打六的戰況，最後被一個偽裝為路旁看熱鬧的路人，看他忙著應付六個人，連打帶跑的時候，衝過來將握有三角虎的右拳，突襲而擊中太陽穴。說到鮮血直噴時，宜珊竟驚叫起來，緊緊抱著他，叫他不要再說了。易玄想到當時她紅著眼眶，嘴巴還喃喃連說了幾句不要再說了。他記得撫慰著她說：那是幾年前的事，事情都過去了。宜珊還是喃喃而不忍地說著不要再說了，只是聲音小到幾乎聽不大清楚。接著下去的愛撫，沒有幾下宜珊滿臉通紅，雙眼朦朧半開，她禁不住喃喃地說：我要我要……，越說越急，聲音也越大。易玄趁她渴死了的高潮，將挺得不能再硬的寶貝，插入早已打開的大腿的黑洞時，一聲爽死的慘叫，沒想到聲音會拉到有一根細長的尾巴發顫，之後就昏厥過去。易玄誤以為出事，而讓他一時冷靜下來，剎住高潮，輕拍她幾下臉頰，看她急促呼吸，並且伸手摸過來緊緊抓住易玄的寶貝，口裡似醉言醉語地說：放進去放進去。易玄移動腰身的短時間，令她感到慢，她帶著責備加大聲音叫快一點。易玄樂得半秒不失，用力頂進，對方和自己瞬間就飄到未曾到過的端頂。

易玄一邊用冰冷的溪水，清洗黏在傷口的泥沙，一邊回味著和宜珊的往事，又意淫了一回，還是遺味猶存。這時突然讓他笑出聲來的是，當事後問宜珊有關剛發生過後的一些細節。不知是裝的，或是多少是真的，她表示不是那麼清楚。他笑著想，要是達到忘我的境界，那不是就等於沒爽到了嗎？是不是我那些爽死的經驗，還沒達到忘我？不，忘我那只是形容詞，我覺得那已夠爽了，那就是忘我。其實，此時此地讓他孤獨到，盡找一些回憶，不知不覺地在心裡對起話來，同時覺得好笑之外，一股被挑起來的衝勁，叫寶貝挺身抬頭翹望，易玄好想現在就有那件事幹。這麼一來全身來勁，面對碎石坡的現實，馬上起身重新攻頂。因為易玄想要得到的，統統都排在登上碎石坡這面現實巨牆的背後。可是勁是來了，一百公尺左右的碎石坡，爬爬停停，小心翼翼，當登上了坡頂的草皮綠被，想多走幾步，走到灌木叢時，易玄的體力竟然一絲不存，能直直地躺在草地上，是他當時唯一想要的；至於在谷底溪流間的種種回憶和想要的，已經都不在腦袋裡了。天也暗了，現在是幾點了，他連彎一下胳臂，勾一下頭的力氣也沒了。

二、想入非非

登上碎石坡耗盡的體力，癱睡到冷醒過來。天還是很暗，霧又很濃，好在手上戴的是夜光錶，他看到錶上顯示出來的時間，已經凌晨五點了。至於起來想繼續走回部隊，那得先找到吃的東西，可是除了天未亮，感覺上四周蒙上一層濃濃的雲霧。易玄坐在草地上，和著衣服摩搓全身，直到全身暖和才站起來做操；勉勉強強做了仰臥起坐、伏地挺身和蹲跳。因為沒風，濃霧就得等到天亮，能見度雖差，只好慢慢摸索走動。當他走進相思林的菅蓁草叢，天已濛濛亮，濃濃的霧已不是感覺，是眼睛所見的，而令他高興的是，看到霧在移動；有風了，有些地方有十公尺左右的能見度，周圍的環境，隨霧團的移動忽隱忽現。這對急著爭取時間的易玄來說，方便多了。他看到整片的菅蓁草叢長得比人高，他走過去，找菅蓁芽，也叫做菅蓁筍，想挖它來吃。在這少有人來的山區，菅蓁筍又肥又粗，沒有幾下，易玄已經挖了一大把，剝掉外殼放入口中一咬，其味鮮美到叫他感動；他向來就沒吃過這麼好吃的筍子。在營隊受訓的野外求生課是教過，但是真正吃到的這是頭一次。教官也說過，在野外求生的時候，上課中提到的東西特別好吃，不過管它好不好吃，救命要緊。易玄邊吃邊笑，他覺得菅蓁筍，就放在平時的生活中吃，也一樣可口。這時候他記起來了，在臺北關渡那裡的一家快炒店，曾經吃過。

就在他吃得差不多的時候，耳朵聽到從不遠的草叢中傳來的窸窣聲，停下嘴巴裡嚼動的聲音注意時，卻沒那聲音了。他以為是他嚼菅蓁筍的錯覺，可是他準備把最後剩下的兩根吃完，才咬了幾口，那聲音又出現，一注意聽，那窸窣聲停了之後，接著是類似動物微弱的呻吟。易玄集中精神確定方向，手握著刀子，撥開菅蓁慢慢朝那聲音逼進，沒走幾步，聲音停止了。據判斷人距那聲音還有一段距離，牠不再發出聲音時，一時方向就變模糊了。可能是發出聲音者的警覺，一切都歸於寧靜。受過訓練的易玄也只好靜待對方有所動靜，就這樣兩相僵持了一段時間。當他想放棄進一步去搜索時，那微弱的窸窸窣窣的聲音，又重新流進他的耳朵。他沒即刻採取行動，持續靜待下來聽，再確定方向之後，更小心，更緩慢地朝那聲音摸索過去。那聲音越來越清楚，清楚到方向就在那裡，不用摸索。易玄已經接近那聲音七、八公尺遠的距離，仍然被濃密的菅蓁阻礙視線。他再度停下來仔細聽，這次的聲音，很清楚地告訴他，有活物在掙扎，並且無法掙脫什麼似的。於是他動動握刀的手，再把刀子握得緊緊的，撥開草叢，跨四、五步就看到，一隻山羌中了陷阱，右後腿被筷子粗大的鋼繩吊上了。那位置剛好在菅蓁叢的邊緣；那裡有一條山澗的小細水流出，原住民的獵人知道，這種地方，往往是山裡野獸會來喝水的地方，這陷阱是他們埋設的。野羌見了他，死命掙扎，牠越掙扎，鋼繩束得更緊，被套牢的小腿已經見骨了。易玄很快的搶過去，伸出左手，一手抓住野羌的前腿，將牠提高，這麼一來，一下子減輕了山羌的痛苦，牠不再掙扎了，乖乖地讓他提著。易玄意外拾獲到山羌，這是他生平第一次，所謂的獵物抓在手裡，另外還有是本能的關係吧，見獵就心喜，他高興之外還是高興。唯一叫他感到遺憾的是，隊長不允許讓他們帶手機；他的手機是iPhone 6，要是帶在身上，他就可以打電話，愛打給誰就打給誰，甚至於錄影

po上網做目前的實況報導，讓他們又欽佩又羨慕。當然，他最想打給他的人，就是那幾個美媚丫頭，他要她們想死他。

易玄替山羌解套，看到見骨的小腿，有五、六公分長的腳骨，四周都不見皮肉，因長時間掙脫的關係，大部分皮肉都擠在靠蹄子的一端，他是可憐牠，但沒想要放牠走。野外救生嘛，課堂上學的，一樣一樣都實現了。這隻山羌大概三十斤，又不是百斤重左右的野豬，用身上的匕首就可以解決。他看牠虛弱到沒什麼力氣掙扎，把牠扛在肩上，想找個地方殺來吃。霧散了，太陽也出來了，空氣也變暖和了，他無路找路，首先想上到稜線，站在峰頂之後，就能判斷由哪裡走才不受到地形的阻礙。

他上到接近稜線的地方，見到一塊岩石突出，而成了小小的屋簷似的，遮蓋底下約有半坪大小的窩。易玄想，故意去做這麼一個地方都不容易。他抱著山羌坐在裡頭，如果下起雨來也可以完全擋雨，是一個再好不過的地方。可惜他不是來露營，他想趕快處理野羌再走。他摸到野羌的頸子和肩骨相接的凹陷地方，猶豫了一下，很快地將匕首插進去，再把刀刃轉了一下，讓傷口開得更大，然而山羌腳一蹬直的同時，血就噴流出來了。易玄躊躇了一下下，給血噴得滿臉和胸前。當他把刀子抽出來，讓傷口合為一線時，血就不再噴了，只像湧泉那樣慢慢地流出來。他皺著眉頭把口貼上，怕是怕，還是一口一口，用不著吸吮就把血吞進去。本來只想吃幾口，可是血流不住，他也搞不懂自己為什麼一直喝下去。最後他覺得很撐了，才把嘴巴移開，看牠血還是流不住也沒辦法，只好把山羌放回地上由牠去流血。沾黏在嘴邊、臉上和兩隻手的血，都半乾成膠狀，像糊了一層漿糊感到不舒服，想洗嘛，得回到捉到山羌的陷阱的地方，那裡有澗水，可是那已有一段下坡路，要回來還得爬坡。他想了想，暫時放棄清洗，先考慮到的是，就近找些枯枝乾草，生火把山羌烤來吃。他走開之後，還想到要找一塊石板當砧板用。

他找到一些枯枝，和一綑乾草抱回山羌的地方，將這些燃料往邊角一拋，再想出去找一塊砧板時，才發現地面上的血跡，還有山羌的傷口和沾有黏液的眼眶，誘來了密密麻麻黑色的大土蟻。他趕忙的把山羌丟到外頭，用雙腳拼命踩著四散的土蟻。可是牠們一散開，麻煩就更大，用踩是趕不了的，只好將乾草抓成一把，點火燒了。哪知道有幾隻土蟻，從褲管鑽進大腿還咬了他。被咬的地方，一時燒痛難耐，他趕緊逃到外頭，脫掉外褲時，突然又覺得三角內褲裡面的屁股也遭了殃，緊接著內褲也脫了。但是在身上找不到土蟻的蹤影，翻了褲子還是看不到土蟻，易玄只好將褲子用力搓，想把土蟻揉死在褲子裡面。沒想到腰間又覺得被咬，馬上伸手去撥被咬的地方。他一想這不是辦法，很快地把衣服也剝光了。因為被咬的三、四個地方，痛得叫他管不了土蟻，低下頭去看那已經紅腫的傷口，而每一個傷口都紅腫得像小碟子翻過來，中間有個土蟻的咬口小紅點。是很痛，看情形似乎不能小看，身上什麼都沒帶。部隊長在他們臨上飛機之前的一句話：去死吧。可不是開玩笑。這對野地求生是一句最貼切的警語。易玄想起這句話的同時，腦子裡卻掠過教官的課。教官說野外最常遇到虎頭蜂的攻擊，多的話是會要命的，如果是被一兩隻叮到，身上沒帶藥的話，自己的尿液也行。因為虎頭蜂的蟻酸很濃，被牠叮到了，很快就破壞細胞。我們的尿液是鹼性的，敷上它可以和蟻酸中和，發炎的部位可以慢慢消退。最後教官說，大便更好；容易塗牢又不掉。大夥聽了都哄笑成一堂。教官還特別強調，隔一兩天的大便經過發酵後的效果更好。易玄用手掌去接自己的尿尿，分成好幾次去塗抹傷處，痛是痛但是覺得好笑。

無奈只好揶揄自己，抓住寶貝自覺慶幸沒被土蟻咬到。要是寶貝被叮咬了，不知要腫成什麼樣子？他一想起來就變成苦中作樂。易玄從高中就被推選為大鵰，那是鳥類最大的鳥，因為他的寶貝老二，非比尋常的又長又大，所以榮獲大鵰之頭銜稱號；大鵰的鵰字與屌字諧音。其他比不上的，有夜鷺、烏鶖、麻雀之別。並且還做過打手槍比賽；就是手淫比賽，看誰的精液射得最遠，這項成績，易玄也是名列前茅。到軍中，有同學同伍，他的聲名很快就被傳開，由老兵士官長舉辦的比賽，匯集全國精英，他還是當選大鵰獎，手槍射擊也是長射冠軍，人長得高大又帥，體能競賽，例如擒拿摔角，能與他相比的也沒幾個。在隊裡他不想當角頭，卻有不少人圍著他自願當小嘍囉。

他再度握著寶貝老二接尿敷抹傷口，想啊想，又想到要是寶貝被叮咬了，那腫脹起來，豈不叫對方爽到不行。在獨自一個人的笑聲裡又漾起非非之想；

他想到男人想要自己的老二變大變長時，到情趣商店買玻璃真空吸管來用，不然就要對方口交吸大等等，現在他想到用土蟻叮咬這一招，效果一定更理想。如果是這樣，就可以養土蟻批發給情趣商店去賣了。這麼一想，沒完沒了，他想著養土蟻，想著要使用者抓著土蟻叮咬寶貝的時候，一閃失被跑掉了，為了抓牠翻被倒床的話，整個興頭都涼了，再說沒抓到的話，那豈不更不安？倒不如萃取土蟻的蟻酸，做成針劑更方便。不用，土蟻的蟻酸，現在的藥廠都可以化合成劑了。本來很有趣味的想像和創意，叫他陶醉一時，想到後來的合理化之後就變得很無趣，老二的頭也龜縮垂下來了。

三、分秒必爭

望著那一隻山羌，想到爭取時間，要贏得一週的榮譽假。他撿起地上的內衣褲和衣服，帶到遠一點的地方，用力揉搓之後，再猛力抖，想抖掉揉死或沒死的土蟻，經仔細查看之後才把衣服穿上。他不停蹄的頻頻踩踏草地，為的是怕土蟻趁虛又闖入他的褲底。他很快地過去抓起山羌沒受傷的右腿，回頭就走到穿衣服的地方，眼睛一直沒離開山羌身上的土蟻，特別是山羌的眼睛部位，和露出腿骨的地方密集的土蟻。他看到大部分的土蟻，為了他的搬動，全都驚慌的散開亂跑。易玄把山羌用力摔在草地上，撿起來又摔在另一個地方，這樣摔了幾次之後，就不見土蟻留在野羌身上了。

解決了無妄之災，留下來的是天賜的山珍美味山羌。可惜的是之前喝飽了野羌的血，還有菅蓁芽筍，因此嗅覺的味蕾也疲憊，根本就再也聞不到自己身上沾黏的血跡，還有山羌散發出來的腥味，毫無食慾。目前想要的，就是要找到有水的地方，把臉上手上已經都乾了的血跡洗乾淨，然後趕路回營區。那野羌怎麼辦？怎麼辦？丟了多可惜，先帶著走再說，又不重。易玄好像跟自己對話取得結論。他再仔細注意有沒土蟻留在野羌身上之後，提起來往肩上一披就走了。部隊長說，雖然863高地以直線的距離，離營區差不多一百公里，但是由於各種地形的阻隔，你們要把握方向，行不通就彎，彎不通就轉，甚至於爬高爬下，這麼一來，少說也有一倍的路程。七十二小時的時間，扣掉睡覺和吃喝拉撒的時間，所剩的就在平地走也很勉強，所以能最先回來的，榮譽假才提高為一個星期。看你們了，誰叫你們是中華民國的海軍陸戰隊。隊長訓話的結尾，常常有令人意想不到的黑色幽默。

走上稜線往南一望，臺灣海峽應該是在右手邊，隔一個山谷的山巒是大武山了。他揹著三十斤重的山羌，開始時比扛迫擊砲輕，可是在山上荒野，無路找路，走不到一兩個小時，小小的山羌變成一頭大豬那麼重了。易玄想丟了牠又覺得可惜，不丟？不丟嘛實在扛不動，為了牠他已休息了好幾次，一心想要得到第一名和一個星期的榮譽假的易玄，準備要繼續開步時，望著撿來的獵物，豈能只用雞肋做比喻。結果還是捨不得把一隻好好的山羌，就這樣拋棄。他咬緊牙關，彎下腰要提起牠的時候，又發現不少土蟻在山羌的身上跑動。易玄看到麻煩事又惹上來，念頭一轉好像找到最好的理由，可以丟棄山羌而不帶罪惡感了。他忽然感到輕鬆，掉頭走上一小段，轉了另一個視野可以往下俯瞰。他被透過樹欉閃射過來的一小片光影吸引住了。他猜想，那是水面的反光，這麼遠的距離是一小片，可能是一個池塘或是小湖泊。聽說過有大鬼湖和小鬼湖，它們都在中央山脈的南端。管它是什麼湖，這時，水是易玄最渴望的東西，他腦子掠過一個念頭，竟然回頭去處理那一隻山羌。他就地取材，在草叢中割取一段藤葛，綁住山羌的兩隻後腿，弄走了山羌身上土蟻之後，就往閃爍水影的遠處走，還好一直過去是綿綿往下的斜坡，雖然是灌木林的雜草叢，拖著獵物走，比起先前扛著牠走輕鬆得多了。易玄想，山羌死的時間不長，並且放了血了，天氣又不熱，不容易腐壞。丟了真可惜，先帶下去再說。

經過一段路的拖行，終於到了一處高山湖泊，但是它並不很大。他提起山羌看看，已不見土蟻，還有他擔心磨傷獵物的拖傷，也看不出，只有貼著地面一邊的一隻眼，刮出一點濕濕的血跡。他本來想把牠拋入水中清洗，看情形覺得沒有必要，要緊的是自己先清洗一番。他隨即剝光衣服，慢慢由淺走進深處，可是再怎麼深也只不過到腰部，腳踩的不是爛泥，也不是沙石。他用腳趾挾上來的是，沉泡已久的樹皮，透過水能看到的，是一群一群不知名的小魚。湖邊不遠地方，枝頭低處有一隻亮眼的魚狗，水邊還有兩三隻披蓑的夜鷺肅然不動。這時的寧靜讓易玄有所感動；這是他長這麼大的經驗中所沒體驗過的，有一種莫名的珍惜感。他輕輕划著雙手，撲向前，雙腳輕輕一踢，整個人就漂浮上來，他用蛙式的泳姿漫游一小段。此時，他覺得很舒暢的時候，突覺腳盤有些刺痛。他停站下來，把腳抬上來一看，原來有血蛭吸住在那裡，用手撥了牠幾次，不但撥不開，自己在水中都站不穩。他趕緊拍動手腳游上岸，把附近的幾隻鳥都嚇跑了。彎腰一看，有三、四隻吸血蛭，在左右腳的腳盤和小腿腿肚上。用力抹抹不掉，用指甲才一隻一隻把它摳下來，但小小一小口，血卻不住地流。記得小時候，在田野的水溝抓魚，也一樣被血蛭傷了腳流血。奶奶抓一把兩耳糯米草嚼爛之後，敷到傷口就止了血。正好湖邊長了不少的糯米草，易玄隨記憶如法泡製，血蛭的問題也解決了。

四、愛玉果

易玄穿好了衣服，望著地上的山羌，又惹來了不同的螞蟻，看起來比土蟻小，但是數量更密麻，一時叫他也拿不定主意，到底要不要拋了？

正為難時，從百公尺外山坡上樹欉的背後閃出四個人影。仔細一看，他們也是要下來湖邊的樣子。易玄高興的揮手喊了一聲：嗨！那邊的人先愣了一下，接著有人揮手，還有兩個，悄悄的把背上揹的背包，讓它滑落到腳下的草叢。稍停了一下，揮手的兩位帶頭向易玄移過來，後頭的兩位顯然心上罣礙著什麼，雖然也跟了過來，走沒幾步回過頭看看拋下背包的地方，兩人還接頭說著話。不過易玄只高興地望著，露出善意的笑臉迎他們。易玄等不及打招呼，看他們近前十來步，指著離他不遠的地上說：

「看！一隻山羌。」隨著易玄所指，他們一看到山羌，好像一下子消除原先抱持的某種警戒心，特別是跟在後頭的兩位，他們踏著快步就走過來了。

「是你抓的？」

「不是。」他回頭往背後山上，指著說：「是在翻過這座山的那一邊撿到的。」

那幾個人用原住民的話嘰哩呱啦交談了一下。稍年長的一邊比手劃腳說：「這隻山羌是被鋼繩鈎起來的那樣？」

「對對。我早上遇見的時候，牠還活著。」他們又用原住民的話交談了幾句，年輕國語說得較溜的人說：

「你不是巡山員警嗎？」

「不是。」一聽不是巡山員，他們好像鬆了一口氣都笑起來了。

「巡山員怎麼樣？」聽了這樣的發問，他們互相望了望，最後年輕的說了：

「山羌是保育類的動物啊。還有，我們才從山上採了一些愛玉，那也不行。被林務局的巡山警察看到了，會抓人啊。」他們沒等易玄說話，有人問他是誰？

「我啊，我是海軍陸戰隊的阿兵哥，你沒看到我穿的是迷彩裝？對了，我叫方易玄。」看他們表情，這樣的名字好像為難了他們。易玄改口說，「叫我方方就好，方方。」他還用手指頭比個方形。

「噢，我也來介紹一下。」年輕的抓抓頭說，「唉！怎麼介紹好呢？他叫薩奇諾•諾幹，他叫亙力士•諾幹，……」介紹的人，被介紹的人看易玄一頭霧水的憨笑，年長的就說：

「一樣的了，他說他的名字我們聽不懂，我們說我們的名字他也一樣有聽沒有懂的了。這樣好了，我們四個都姓高……。」他好像想到什麼先笑了笑，「這樣好了，我最老，叫我高一，他們兩個是兄弟，哥哥就叫高二，他高三……」最年輕的插嘴笑得連說都說不大清楚：

「對對，我我……我，我是高四。」

陌生人在荒山野外，在短短的時間裡，就能聊得這麼愉快，那是誰都沒意料得到的；也因為沒能意料而得到的愉快是加碼的吧。他們在這樣的言談形式，自然做了自我介紹，也漸漸地互相能夠了解更多話題。

「我們部落也有好幾個海陸仔的。」高一把海軍陸戰隊一詞，說成用臺灣阿兵哥他們用閩南話說的那樣。

「現在？」易玄心想，有這麼巧。

「不是。三、四年前了。有四個。」

「不是有五個嗎？」高三還折著指頭數，看著老大的臉顯得沒那麼自信。

「不是。四個。四個已經很多了，你要幾個？在比例上，我們戇蕃當海陸仔的，比他們平地人擺人多得很多。」高一把平地人再加上擺人一詞，那是他們原住民的話，平地人叫做擺人；據說擺人是閩南話歹人的諧音。但此時他說起來並沒惡意。

「你們是排灣族？」易玄想恆春半島附近，住的是排灣族。

「排灣族的眼睛哪有我們這麼大？你沒看到？我們四個人的眼睛都大大的，粉漂亮嘛。我們是魯凱族的了。」他們都笑起來了。

「住在這山上的附近？」

「還沒有。我們住在這個山翻過去的那一邊山。」另一個人補充說：「阿禮。我們阿禮再走進去就是舊好茶。」

易玄對這邊的地理不熟，他玩笑地學原住民說國語的腔調：「對不起，我有聽沒有懂。沒有關係的了。那，那一隻山羌怎麼辦的好？」

有人故意就以自己的腔調回話：「太簡單的了。吃吃吃……」他們高興的笑起來。易玄有點緊張，他說：「你們吃，你們吃。我們在特訓，要趕時間回部隊。」

「回楓港車城。」

「你知道？」

「知—道知—道。我不是告訴你我們部落有很多人當海陸仔。我們把山羌殺來吃，晚上睡覺，明天我們告訴你路怎麼走，到中午就會到部隊。吃吃吃……」

「我不但要回去，我還想趕第一名哪。第一名有一個禮拜的榮譽假啊。」

「啊呀！給你說沒有問題就是沒有問題的了！」高老大保證地說。

「你不吃不睡覺，你明天怎麼走？」

易玄想了想，覺得也是。「好吧。」

他們分別去把抛在草叢中的背包愛玉提過來，其他兩個去拿山羌。當他們發現山羌有許多螞蟻，二話不說，隨便一扔就把山羌扔到水裡。「用水沖沖螞蟻就統統死去的。」這位伯字輩的，邊說邊走進水裡翻弄山羌。易玄一時什麼事都不用幹，他坐下來看看時間，看看他們。這時候才發現他們四個人，什麼炊具餐具都帶了，並且每個人腰間都佩戴一把板針；就是山刀。「要不要跟我們去做愛玉凍？」

「哪裡做愛玉凍？」

「這裡再下去一點，那裡有很乾淨的泉水。」

「不要跟他們去了。留下來看我們殺山羌，等一下還有肝可以吃。」在水裡洗盡螞蟻的人，一邊摔乾山羌身上的水，又把山羌抛到岸上的草叢。

「你要殺山羌，為什麼不一起去有泉水的地方？那裡水乾淨。」

「殺山羌，肉不要碰水的好。你看，我不是把山羌身上的水摔乾。」

年長的用刀在山羌身上，橫豎劃了幾刀，他右手指伸進山羌的脖子，另一個人雙手抓緊被劃開的胸口，兩人用力一拉，軀體部分的皮就像脫衣服一樣，被拉開了一大半，然後頭和四肢，再分幾次就把皮完好的剝了下來。山羌的身體有一層薄薄透明的膜包著。他們把早就準備好的姑婆芋葉鋪好在地上，把從山羌身上取下來的皮肉，還有內臟都放在那上面。操刀的那一位長者，笑嘻嘻的捧著紅紅的肝臟，對著易玄的面暗示著要他吃。

「給我吃？」易玄怕怕的把聲音拉得很高。

「對啊，給你吃。」看到易玄害怕的表情，禁不住地笑出聲來。

「就這樣生吃？」

「怕什麼？人間美味，粉好吃的，不騙你的了。」

另外一個年輕的，他採了一片月桃葉說：「不行不行了，把它切成五片，等一下他們回來也要吃。」捧著的肝被放在月桃葉上，刀子輕輕一劃，切成五片。操刀的人，接著拿一塊塞在口裡咬一半，笑咪咪，很滿意的嚼起吧嗒吧嗒黏口的聲音來。另外一個也抓起來，吃得津津有味。他們兩人口裡塞滿了山羌的肝，整個嘴箍血艷地沒法講話，只用手拿著還沒吃完的肝，頻頻示意要易玄吃。易玄躊躇了半晌，血都喝了，肝還不是一樣，這麼想著伸手去抓那個較為小片的，皺起眉頭拿在手裡，咬了一小口。沒嚼一兩下，滿口的味蕾都醒過來似的，完全和血不一樣，血有一點嘔，肝不但不會，那種甘甜向來就沒嚐過。他的吃相從緊皺眉頭，到完全展開享受的笑容，讓他們兩個看了，都笑起來。

「告訴你粉好吃的你不信。」嘴巴裡有黏稠的肝漿，說起話來不是那麼清楚，不過那種氛圍，好像增添了更可口的濃度。吃著吃著，去做愛玉果凍的兩位也回來了。

「再不回來，肝都會被我們吃完了。」看到易玄吃得那麼高興，他們沒看到他曾掙扎過的樣子，有點難於相信。

「你敢吃？」

「有什麼不敢？不敢才是傻瓜。」

他們吃完了肝，到湖邊洗洗手擦擦臉，就開始吃愛玉果凍。易玄在平地雖然吃過愛玉冰，就沒有在這裡這種吃法好吃。問他們平地為什麼沒有這樣的吃法。高一的回答是，這樣吃很貴，平地的都是偷工減料。這時有人建議，即時把山羌烤來吃，沒吃完的比較好帶。問易玄。易玄說：

「我已經把山羌給你們了，你們愛怎麼做就怎麼做，我沒意見。」想了一下又說，「並且那山羌上了陷阱，那陷阱又不是我做的，我好像偷了你們魯凱族的獵物。真不應該。」說完了還尷尬的笑笑。

「不必對我們魯凱族說對不起。你說抓到山羌陷阱的地方，應該是排灣族的人做的。」

「你怎麼知道？」

「這一帶山區離排灣族的部落比較近。」

易玄看他們不慌不忙的，沒人指揮，各自分開，砍柴搬石架灶，沒一會兒功夫，生起火烤起肉來了。他禁不住地問：「你們是有備而來的嗎？好像什麼都帶來了。」

「我們從阿禮部落出來了兩天了，該有的都帶了。」

「都在山裡過夜？」

「沒有。我們都住圓山飯店。」伯字輩的，故作正經地說，不過忍不住還是和大家笑了。

「你們這樣跟我們海軍陸戰隊的特訓一樣，這叫野外求生哪！」

他們一聽，特別是長者，他笑得更大聲，「什麼？這樣叫做野外求生？這樣是我們的生活，什麼野外求生？」

「服了服了。那你們每一個人都是海軍陸戰隊員了。」

在大家的笑聲中，有人喊：「喲！那一塊腿燒焦了。」

海闊天空，他們心暢胃口全開，有吃有笑，自然享受到他們無意識享受的享受。

五、魯凱族

說是朋友，也只不過在荒山野外，相遇的時間，只有半個白天和一個晚上，他們竟然就像古代的義俠，剖腹相見。到天亮之後，他們努力的安慰急著想回去搶功的易玄說：「你不要急。我們會帶你出去。」老大的話才這麼說，同夥的其他三人，帶著疑惑的小驚訝望著他。「對啊，我們本來預定出來外獵一個禮拜，雖然今天才出來兩天，但是幫幫我們的好朋友，」聽到這句話他們的臉亮起來了，易玄也展開了無聲的笑臉。「方方要是沒有我們帶他到產業道路，讓他自己摸路，恐怕還要摸一天都說不定的了？」

「那我們就要再回到我們的部落阿禮了？」

「沒錯。只有回我們部落才有機車啊！」高一老大說。

那位較為年輕的，訝異地說：「機車？怎可以？」

「可以的了。我弟弟就是海陸仔，他也經過野外求生的特訓。那時部隊說，只要不去偷，不去搶，能用什麼交通工具都可以。在規定的時間回到部隊，用你們平地人的神仙的那種騰雲駕霧更好。」他的話引起大家鬆了一口氣似的笑起來。

「真的？」高四還以為在說笑。

「沒錯，其實在戰場，為了打戰去偷去搶也不算犯錯。」易玄補充說。

「真的了。我什麼時候騙過你。」因為他帶著笑說，所以年輕的還是不解地望著易玄。易玄也笑著猛點頭。

高一抬頭望望天空，他說：「我們要強行軍快點出發，中午恐怕會下大雨；在沒路的山上，下大雨就很麻煩的了。走走，打包就走。」他畢竟是當過兵，話中用了一兩句軍事用語下了命令。這讓易玄想到他剛提到他的弟弟也是海陸的。易玄問：

「你剛才說你弟弟，他現在呢？」

「再見去了。」他淡淡地回答。易玄不敢再問下去。大家靜悄悄收拾中，他又說，「我弟弟他，他在兩邊停火的前一個禮拜，在金門出任務死掉了。」高一大哥的這一句話，好像把大家的話盒子蓋了起來。在沉寂中，大家心裡想什麼？沒人知道，可是耳朵所聽到的都是，五個人滑過濃密草叢的窸窸窣窣，還有前頭開路的人，折斷擋路的樹枝的嗶啵聲，再就是砍高過人頭的菅蓁的俐落聲刷刷。

還是老大的氣象報告可靠。過中午近兩點的時候，大雨就像倒水那樣，猛落個不停。老大叫屈地說：「糟糕！我們有點延誤翻過這個山的稜線。現在想趕都來不及了。現在只求平安上到稜線就不錯。」他們躲在一棵大牛樟樹下，聽老大說話。他仰頭看看成為頂蓬的華蓋，改變了口氣接著說，「這棵牛樟命好，山老鼠還沒來動手。不過我看也快了。砍伐牛樟下去培育牛樟的靈芝做癌症的藥，聽說很賺錢的。那種藥有沒有效不是很清楚，但是賣得很貴。」

「都是我們平地人幹的！」

「不是。砍牛樟的都是我們山地戇蕃幹的。是他們事前接受招待，請喝酒。我們有一些人就是愛喝酒，改日又帶他們去另外的地方請客，要他們入山執行任務砍倒幾棵牛樟，就可以得到報酬。他們會把樹砍倒之後，放在那裡不管，林務局就請另一批工人把被砍倒的牛樟，另外開路運到林務局的空地招標。這一切都安排好了，然後兩三組人，他們都是自己的人去投標。要是有不知天高地厚的單位也去想投標，他們早就被嚴厲的警告了。有不信邪的，總是會有一兩個人斷了手腳受到警告。」

「然後呢？」易玄聽得快忍不住了。

「他們已經有一個龐大的組織，也有警察參加。看你氣歸氣，你又能怎麼樣？雨稍停了，我們還得攻頂，然後再下谷底還要溯溪。注意啊！山上的水漲得快，也退得快，因為很多人不知這樣的水性，不少人丟了性命。在我帶領下聽我的。」他抬頭看了看。他提起背包揹起來說，「雨小了，我們也停了一陣子了，開始再往上爬。方方，你排在我的前面。」

他們趁雨小的時候，攻頂往上爬，途中前頭他們還發現一條錦蛇，幾個年輕的，敏捷的丟下東西，彎下腰搜尋抓蛇。殿後的大哥，嚴峻地叫著：「不要抓了！要把握時間！」

「很大的錦蛇哪！」有人惋惜地說。

「再大也沒有時間大！方方在趕時間，知道不知道？」

「對不起，對不起。」方方不好意思地說。

「因為我們給你保證時間沒問題，就應該沒有問題的。」

看到蛇的幾個，雖然聽從大哥的口令，心裡還是抱著不捨的惋惜，原來就是出來打獵的；那條錦蛇確實大得稀罕。高二和高三距離近，他們還是禁不住可惜地說：要是抓到了這條錦蛇，再加上他們沒吃完的半邊的烤山羌，今晚部落的營火晚餐，一定一定很澎湃。說是這麼說，路照趕，他們還是低頭左右來回，銳利地掃視地面的動靜。他們這樣的行為動作，殿後好幾公尺遠的老大高一，他都看到了。不知道真的還是假的，他大聲地向前頭說：「不用找了，抬頭向前走。那條錦蛇我看到了。我故意不告訴你們的。」高四還捨不得認真地問：「在哪裡？」

「不要被騙了。少年的。」高二一說，除了高四和易玄，大家都笑起來了。

幸好他們上了稜線，雨也停了，可是同時也可以看到四周漸漸起霧；其實是稀薄的雲霧，慢慢聚攏籠罩在傍晚的昏暗中。低頭往谷底看，暴漲的山溪水尚有三、四十公尺寬。總指揮的高一老大說：「至少還要兩個小時才會退，但是等兩個小時再走過對面，然後再往上翻過山嶺。這樣不行。這樣回到我們部落天都快亮了。」他舉手看看錶，「不行。我們不能等，現在已經五點二十分了。我們沿著漸退的水邊。我想想看，到底順著走下去呢？或是逆著水走上去？」老大像自言自語，自問自答。「對了，往逆流下來的方向，上面的水退得比下面快，看樣子大概不要一個小時就可以到對岸。」

易玄從頭到尾聽高一老大的分析和判斷，覺得部隊他們所謂野外求生，簡直就像幼稚園。其實也正是如此。他們同排一隊人馬被拋在 863 高地的四十八個人，方易玄算是最幸運。其他人說是在 863 高地，可是有些人在稜線的左右，還有高低或是不同的地景環境，那種差別不是平面，是立體得非常參差各異。隨著時間，天光的明暗，還有各人的遭遇，有挫傷的，脫臼的，有傘卡在樹欉的，有乾糧掉了的，找不到吃的，再來是個人的體力和過去的經驗等等。後來聽了大家回部隊的報告，才知道層出不窮。這怎麼說好呢？時啊！命啊！運啊！以易玄來說，更可貴的是緣啊！總而言之莫名其妙的幸運，遇到魯凱族的原住民朋友。

整個山洪的退勢正如高一所斷，再配合走向的行動，一個小時後，在他們所處的海拔地方，山洪已經變成山澗小溪流了。五個人借助三把手電筒就涉過對面山壁斜坡。好在是灌木的雜木林，往山上可借助灌木的枝椏攀爬，除了前後和中間拿手電筒的人，替沒手電筒的人打光，找到可攀住的樹枝明示目標之外；剛開始，時間有點遲緩，不過攀爬了一小段之後就搭配得順暢。這樣的情形，也花了兩個多小時才翻到山頂。好在這時雨沒了，雲霧不在此地聚集，天有一點夜光的透明。他們往南方的遠方瞭望遼闊的山巒，舒暢得費了大半體力攻頂的精力，也回來不少，再加上高一老大，鳥瞰遠處的山巒，帶一點興奮的口氣，指著遠遠的一小簇小小的燈火說：「看！那燈光的地方就是我們的部落阿禮了！」聽了他這麼說，大家的精力都回來了。

「快到了！」易玄看來比誰都高興。可是他們都笑起來了。

「對啊，對啊，快到了！」有人笑著應聲，笑聲還拖了一點曖昧的尾巴。

「對啊，快到了。走。不走就不會到。」老大雖是笑著說，對他們而言，這也是命令。他們攻到頂幾乎沒什麼休息，又開始往另一邊的山坡，斜著身體往下走。好在大部分的視線都是面對地平線上的天空，走起來手電筒倒不像攀爬山坡那麼必要，他們走起來的速度就快了很多。

他們順利的下到谷底，又接著翻爬面對的小山巒。他們攀了半個多小時，前頭的高二用手電筒照著一個小布條叫起來：「這裡有登山隊的路標！」

大家集過去看，高四過去把捲了起來的小布條展開，「是臺大森林系登山隊。」隨後又有人喊，「那裡還有兩個布條。」他們又聚過去看；紅布條寫的是高雄醫學院，另一條黃布條寫的是北市不惑登山隊。老大安慰易玄說：

「我們就沿著登山隊的布條，就可以走到產業道路。這樣要回到我們的部落就很簡單的了。太好了，走。注意登山布條。」拿手電筒的人，就開始注意手搆得到綁布條的高度，沿著看不清楚的路痕繼續走了下去。果然沿著登山隊的布條，一小隊人走了將近一個半小時的下坡路，就踩在產業道路上了。

易玄說：「你們不是說就快到了嗎。怎麼又走那麼久？」

「就到了。我們沿北上就到了。」這次老大高一帶路走在前頭，易玄卻得像小跑步才跟得上。當易玄累得喘不過氣來時，在中途就想求他們停下來休息，又怕有礙面子，一路咬緊牙關忍著不語。可是，這時確實已經沒力氣再走下去了。他喘著氣求饒似的，「讓，讓我，休息一下，……」

老大嚴肅地說：「你們幾個幫他拿一下東西。不要休息，真的就到了。」方方身上帶的東西，連卡賓槍也被人拿去扛在肩上。方方只好咬緊牙關，拖著疲憊的身體，拉一點距離跟在後頭。這樣又走了一陣子，遠處傳來狗吠聲。高一老大停下來，笑著對易玄說，「真的到了。」接著用高亢的聲音叫，「畢拉——！木斯——！」不一下子的功夫，六、七隻狗就跑過來。有幾隻走近易玄聞他的氣味，害他嚇得都縮了起來。他們幾個人把狗叫到身邊，安慰方方不用害怕。

當他們走進部落，已有四、五個人在村口接他們了。沒一下子又有幾個人聚過來了。他們以為老大他們獵到野豬回來了。

六、戰士，乾杯！

村人有幾個從睡夢中被狗吵醒過來，在深更半夜，看老大他們帶回一個陌生人回到部落，叫他們覺得十分好奇。

「砂骨碌‧阿揚家有人回來沒有？」

「沒有。」有人回老大的話。

「那客人晚上就住那裡喔。」

幾年來，部落裡留下不少空屋；老的走了，年輕在平地做事，除非走投無路失去工作，很少回來山上居住。

因為還有半隻烤熟的山羌，加上有人家裡還有山豬的排骨，還有其他尚未吃完的獵肉，他們都拿到砂骨碌家，當然小米酒更不能缺。原來是部落裡的空屋，一下子集來十一、二個人，加上溜進來的幾隻狗，小小的客廳就變得很擠，同時也擠出一種激奮的氣氛，讓每個人的心都漂浮在小屋子裡，碰撞出歡愉的笑聲和話語。

才開始不久，老大大聲要大家聽到：「你們講盡量用狗語，你們用我們的魯凱話，我們的貴賓方先生還以為笑他罵他。用狗語。」

「對不起，我不會狗語，我會國語可以嗎？」有年輕人開玩笑地說。

「你少臭屁！你的狗語和我的狗語差不多的了，不用笑。」

有肉有說，有酒有笑，狗語也罷，國語也好或是魯凱話，透過笑聲和肢體動作混聲之後，歡樂的溝通不但無礙，反而變得更熱絡。

當大家樂得忘了外頭還有另一深夜的世界的時候，門被推開，隨著笑聲責備的話也投進來：「吵死人！」大家往門口一看，是從桃園回來的，娜杜娃。

「進來進來。妳什麼時候回來的？」

「你們的酒還有嗎？」她把掖在背後的一瓶58度高粱秀出來，交給伸手過來的人，找個空隙就擠進來坐了。

「娜杜娃，我給妳介紹一下，這位客人是方先生，是海陸仔的阿兵哥。」

他反過來為易玄介紹她；但心裡瞬間受擾了一下，不知怎麼說好時就做了決定說：「娜杜娃，是我們魯凱族之花。」易玄伸手過去跟她握手，「請多多指教。」

娜杜娃沒放開易玄的手哈哈地笑著說：「沒錯，我是魯凱族之花，也是一個妓女啊。請多多指教，嘻嘻……」

這突如其來的回話，讓大部分在場的人笑起來，老大高一卻有點難堪地說：「今天大家都醉了。」

「是你們醉了。我都還沒開始哪！」她伸手懸空問，「我剛才拿來的酒呢？」拿了酒的人要遞還給她時，老大的手早一步在空中就劫走了：「天就快亮了，方先生明天要趕回部隊，你們明天還有工作，不能再喝了。砂奇諾，你明天要負責用機車載方先生到坍方的地方，霧臺柯家兄弟，他們兩人會有人在坍方的另一邊等你們的。你也不能再喝了。知道？」

「知道知道的了。」

「知道就好。快四點了。把剩下的肉和已經打開的小米酒喝完就好了。」

「我明天沒有工作，我喝一兩杯我帶來的酒就好。你們收，我就走。這樣可以的了。」

剛才原來很Hi的氣氛大大的降下來了，可是並沒傷到任何感情，只是帶有一點清醒自律，互相聊聊其他的事。娜杜娃兩杯高粱下肚，好像有話不吐不快。她壓過大家的聲音說：「我剛才自我介紹，說我是妓女，你們也都知道，現在我還是妓女，是比較老一點的老妓女。這種實話我為什麼不能說；並且又不是我自願去當妓女的。大家都知道，我們魯凱族的女人有多少被騙，被迫去當妓女的。」雖然大家多少有點醉意，但娜杜娃的幾句話，卻叫大家清醒。而因為有客人，要他們說什麼都不是，只好看她怎麼說下去，「是真的，平地人也有人當妓女，可是跟我比起來，簡直不能成比例。為什麼？」她拋出這樣的問號的時候，很自然地把視焦落在，已經多少為社會的不公，為平地人的不公負起沉重的慚愧的易玄。

易玄像挨到無妄之災，好像不能不說幾句話。他吞了一兩次口水之後說：「我、我們平地人，確實做了很多很多對不起原住民的事。我、我們平地人還有很多很多的人歧視你們，雖然我個人沒有歧視你們，但是我們的社會本身就歧視你們，這樣就變成，好像我也歧視你們。其實……」

「我們的女人被迫去當妓女，我們的男人被迫去當兵當炮灰。」有人激動地也說了話。老大有點難堪想替易玄解圍：「唉！方先生是我們的客人呢。」

「我讀高三的時候，國文課本就有一篇叫做〈戰士，乾杯！〉。那裡面就寫好茶村我們魯凱族的故事。我們魯凱族在短短二、三十年間，有當日本兵，有當共匪八路軍，還有當中華民國的兵，他們都為別人戰死了。」

易玄說：「我也讀過。後來到了好茶村的那一位記者，舉起酒杯，對著牆上那三位魯凱族的戰士的照片說，戰士，乾杯！」易玄說得有一點塞喉。

「好了好了，大家把杯子舉起來，沒有酒的旁邊的倒一點給他。」老大稍微大聲而嚴肅的說：「來！給我們魯凱族的妓女，給我們魯凱族的戰士，乾杯——！」易玄聽到妓女一詞，心裡受刺了一下，跟著大家感慨呼喊。

「乾杯——！」在深夜裡，大家共鳴的呼聲，令每個人被電得不寒而慄。

易玄卻有被另一種歷史的什麼給撞擊著。

老大帶著易玄到後頭，介紹廚房衛浴，還有臥房說：「晚上就住在這裡，你要睡多久就睡多久，反正明天下午四點回到營區就可以了。從現在起，你，」他看看錶，「你還可以睡五個小時。剩下的時間就是載你下山回營地。」

看來大家都酒醒了的樣子，至少腦筋都很清楚，動作也很穩，收東西的，搬桌椅的，自然分工的很有序。最後拿起掃把的娜杜娃，一邊掃地，一邊用他們的語言，大概是說你們都回去，最後由我來打掃就好。當大家笑笑地走開之後，易玄不好意思地走過來，想接過掃把說，「不好意思，讓我來。」娜杜娃伸出右手撥開易玄的手，易玄還是想搶掃把，娜杜娃手一翻轉就握住他的手腕笑著說：「掃地我們女人來嘛，客氣什麼。」說完了手並沒放開，還輕輕地晃了晃又說，「我沒醉。你醉了嗎？我看你也沒什麼醉的樣子。沒醉最好。」說了就把易玄的手放了。奇妙的是易玄竟覺得若有所失，望著娜杜娃笑笑，壓抑著需要的微震，站在那裡一時要做什麼好也不知道。看著娜杜娃彎腰而翹起的臀部，沒一下子又看到她挺起的乳房，又看她笑咪咪側過來的眼睛；魯凱族的眼睛正如高一老大說的，就是那麼不一樣。做為一個客人的自律，警告自己不可想入非非，可是娜杜娃的笑臉和時不時瞅他看的眼睛，讓他抑不住非想，褲襠底的寶貝，竟然蠢蠢欲動。他知道對昨天才認識的朋友老大高一他們，只要他一想歪就對不起人家，也會有點罪惡感。

「這個沒你來幫忙不行。」娜杜娃扶著一塊石墩的一邊，要易玄過來幫忙。易玄高興的跨了幾步過去，手才扶上去，頭就重重地撞到娜杜娃低在那裡等的頭，喀一聲，痛是痛，雙方都伸手過去撫抹對方的額頭，一方連聲說對不起，一方連聲說沒關係。為了要穩住對方的頭，兩人的左手都伸到對方的後腦勺扶著，右手使一點力揉搓。這樣他們的臉都靠得很近，還有這樣的互動，兩人都覺得好笑起來，並且都不想馬上放手。「這下真的撞得不輕。你把手放下，讓我看看。」易玄把手放了，娜杜娃雙手扶著他的臉頰，把頭稍往後退一下看著他，「呀！不輕呢，有一點紅腫。來，我有辦法。」一說完就把嘴唇貼緊額頭吻了他。兩人都笑起來了，「有沒有好一點？」易玄馬上回說，「好多了，好多了。」娜杜娃不單把嘴唇貼上吻他，身體也貼上去還摟抱起來，易玄把額頭往後仰，把自己的嘴唇貼上娜杜娃的嘴也相吻起來。就這樣兩人互相擁吻到，有一點喘不過氣來的時候，娜杜娃在他的耳邊說，「我晚上也要在這裡睡覺。」易玄雖然沒放開雙手，腦筋像被嚇醒似的問：「可以嗎？他們。」「他們，他們就希望我在這裡睡覺。我看得出來你是他們的貴賓。不要想太多了。」這時的易玄，雖然盡量不讓堅挺起來的寶貝，去碰到娜杜娃，而把臀部往後移。可是娜杜娃笑著把下身用力頂過來。他也不再退縮，跟著頂回去磨蹭，同時也嚐到娜杜娃的唾液變甜了；以易玄的經驗，那即是女孩子真正覺得極其需要的時候。他還記得，去年在恆春海灘認識的廖珊，那晚吻她的時候，她的口水一下子變得很甜，並且發現她也突然放得開地表示饑渴的需要。才說她的口水變甜了，她竟然把不停湧出來的口水吐給他。這次當易玄嚐到娜杜娃變甜的口水時，也發現她不停的吞著口水，表示急切渴望的樣子。

這是易玄完全沒意料到的事，這樣的機緣，這樣完美的結合，除了肉體，兩個人絲毫沒有罣礙的心境，才達到從未有過的這樣的境界。娜杜娃算是近中年的職業女性，早已沒有嬌滴滴的秀色，並且照理說關於性交的事，已經變成無奈或是一種機械的個體才是。易玄並不很清楚，只用他的經驗推測而已。然而在他們纏綿交戰後，她還是希望易玄壓著她，雙腿勾住易玄的臀部，改為溫柔起伏和左右緩慢擺動。她捧著易玄的臉看著他，好像要把易玄的臉好好刻畫在永遠忘不了的地方。她竟然淚流滿面微笑地說，「謝謝你，謝謝你……」。以易玄有那麼多的經驗來看，所有的對象的外在姿色，或是學歷和家庭背後的各種條件，娜杜娃以世俗的眼光來衡量的話，可以說都比不上她們。可是跟她這一次做愛整個過程所沉入的仙境，是不曾有過的。除了所謂的爽死了，還有類似被好的藝術創作所感動地無言名狀的東西。

經過一段時間，激情的澎湃逐漸平靜下來之後，娜杜娃說，「天亮了。雖然時間不多，你還是要睡一下。」易玄還是癱在被上，伸手要她過來。「妳要走了？」很不捨的把靠過來的她拉近，「妳要走了？以後我們怎麼聯絡。」娜杜娃輕吻他一下，「以後有緣就會再見面啊。好好睡一下，時間到了，他們一定會來叫你。」她又輕吻易玄的額頭笑笑，走到門口掩門時停下來看一下易玄，門就關了。

易玄像做了一場美夢，就那樣躺著，回味又回味。這時竟然想起爺爺在他上高中時候講的一個故事。說從前，中國有一個宰相過生日，邀宴不少文武百官。當長相奇醜的宰相夫人出席時，席間來賓的言談，一時變成竊竊私語的聲波騷動。宰相看了這情形，站起來大聲笑著對來賓說：「各位來賓，我知道你們在說什麼。要是我是你們，我也會這樣。讓我告訴你們。我太太白天的時候，她絕對是一個賢妻良母。但是一旦到了晚上，她不亞於一位真正愛你的娼妓。」

當時易玄還不懂這個故事的意義，現在他完全體會到了。看到娜杜娃走了，心就開始懸掛起來，本來有點興奮後的倦意，也沒了。他想，做愛這件事，要達到某種美好的境界，並沒那麼簡單。並不是靠外表，或作態，再或是事後的條件，個人的背後條件，各種利害條件，還有彼此的觀念，還有各人的習慣；有的怕熱要開冷氣，有的不要。這次他和娜杜娃根本就沒把冷熱當一回事，兩人的汗流得全身濕答答地，像兩條鰻魚交纏一起。因為是獨房吧，也不用擔心讓隔壁的人聽到。兩人隨時感覺到的舒服，就像自言自語，有時會問起對方的感覺，爽到抑制不住時，粗話也飆出來，一切都發生得那麼自然。也就是說這過程，對方說什麼不但不在意，好像都自在地加了效果一樣。易玄想到有些人，一邊做愛，還要問以後怎麼辦。有的還會問，他和多少人睡過覺之類的事。總而言之當時心理上有種種矛盾干擾，連他自己也難免。有時會深怕以後惹上麻煩怎麼辦？例如雙方都交疊在一起，女的還會問，真的愛我嗎？說真的愛她，她還要易玄當場發誓。這時說喜歡也不行，只好說愛，還要發誓。像這樣的情形，對方一走，當時就覺得好像放下一塊大石頭一樣。他想啊想，回到娜杜娃就回到美夢中睡著了。

七、再見阿禮

高一老大看天氣不錯，知道山路除了要轉入佳陽的路口，有一兩百公尺長土石流的坍方外，不會另有其他的阻礙，尤其對機車而言。所以讓易玄睡到十點半才被叫醒。

「睡得好嗎？」易玄有點不好意思的紅著臉說，「睡得很好。」他偷瞄了老大，他，還有其他人的表情。他們就像平常對待客人那樣微笑。「有睡就好。來，我們飯菜都準備好了，多吃一些，還有一段路。」高二高三高四他們在前頭把飯桌都擺好了。易玄他心裡還在想，他們真的不知道他和娜杜娃晚上的事？知道了，又沒笑我？或是這樣的事對他們不算什麼？不是不是，……他不再想了，也不敢去想。

坐在飯桌上用飯時，陸續來了昨晚沒出現的幾個老人和有紋面的婆婆，其中有一位酋長。他說怎麼沒拿酒出來請客？老大說不行，客人要趕回部隊。

「拿來拿來，一點點沒有關係。」高三很快的就拿酒來，給大家斟了酒。「給方先生，一點點意思意思。」酋長右手端起酒，左手指蘸酒，口中念念有詞之後，蘸了酒的手指頭往上輕輕彈彈，這樣做了幾次。老大對方方說，那是敬祖靈跟祖靈說話，他要祖靈保佑你平安。酋長做完簡單儀式之後，舉起酒碗要大家喝酒。「你要趕路喝一點點就好。」大家端起碗喝了。

他們雖然說簡單吃吃，透過閩南話來說：真澎湃！他們把幾戶人家留有的野豬肉，有用烤的和炒的，好像做了三、四種。還有山上野生的劍竹筍，炒辣椒和豆豉；方方問他們這是不是原住民魯凱族的原味？老大說方方明知故問，害方方也意識到自己有點失言，因而顯得有些難堪。好在酋長又舉杯勸酒，方方趁這個機會，一舉起杯，一口把它喝乾。在旁竟然有人鼓起掌，而掀起大家的掌聲，就這樣轉移了方方，也許包括高一老大的心情。這時候方易玄好希望看到娜杜娃的影子，但直到老大他們準備好的野狼機車，在門口發動了轟隆轟隆的引擎聲催他的時候，她才出現，穿著打扮與歡送他的村人比起來，顯得像一朵唯一的花。在再見的混雜聲中，他們交會到眼神，是那麼令人懷念。「好！我們走囉。」高四話一說完催足了油，野狼往前一躍，前輪離地往前衝，貼在高四背後的易玄，上身往後一仰而即刻又彈回的驚險動作，引來的是笑聲和掌聲，七、八隻狗跟在後頭吠聲加熱鬧。後頭追過來的喊話，「達奇奴，小心——！」高四大聲的回話，「知—道——！」口水還飛到易玄的臉上。

高四安慰易玄：「你放心，我是我們魯凱族裡面，騎機車最高的高手的了。放心放心。」

「沒問題，我知道。」

從阿禮到霧臺雖然也越幾座山，因為是往低海拔走，下坡的路段比較長，路段彎曲多折，不宜快速，不過看高四騎他們的這種路段，好像就在享受彎道，讓車子略微加速傾斜劃過彎道，再把車子拉直的這一刻小時間。這正好讓喜歡開快車的易玄感到對味極了。他叫了幾次「帥！」

在這山區的產業道路上，難免有些坑坑洞洞和零零落落的大小落石，這對騎機車的他們，不至於成為問題。當他們來到佳陽叉路口附近坍方時，已過午一點四十了。車子停了下來，往坍方兩百多公尺的另一端看，高四有點緊張說，「奇怪？」然後以原住民在山區互通訊息吆喝，拔高尖叫了一聲，另一端的呼應也傳過來了。接著他們看到一個人影，從一個岩石後頭閃出來向他們揮手。

「杜奇拉——！」高四圈著雙手呼叫，並大聲說會把朋友送過去。

在那一兩百公尺土石流的下坡道，十分陡峭，但為生活過往的人，早已在兩端，走出往下的弧線碎石路段。他們徒手也走了一、二十分鐘的時間。

雙方見了面，杜啟二一伸手就自我介紹。

「你好！我叫方易玄。」

「叫方方就好了。他叫杜奇拉就好了。」高四和杜奇拉交換了幾句，才笑著對方方說：「沒說你的壞話。我說沒時間了，不要載到他們霧臺的部落裡，直接就載到車城部隊。有時間的話在楓港或是車城去吃點什麼。」

方方帶好東西，騎上機車背後，高四塞了一張紙條給方方笑笑著說，不必急著看。但看到高四的笑臉怎麼耐得住。他攤開一看，是娜杜娃留給他的手機號碼，他高興得眼睛都濕了：「代我問候她。」兩人緊緊擁抱一下，聽杜奇拉說走，跟高四在阿禮部落出發一樣，油門一催，前輪一揚起就衝出去了。方方反彈回來抱住杜奇拉，笑個不停；「怎麼樣？很爽吧！」杜奇拉說的是起步，方方也大聲回他「爽死了！」其實他是想到娜杜娃，他一隻手攬住杜奇拉的腰，另一隻手縮到胸前，一看再看著娜杜娃的紙條手機號碼。

途中有幾段彎路，有些大大小小的落石，讓他們的車慢了下來，有幾次還得扛車子才能跨過小障礙，不過在時間上有了一點點延誤之外，總算通行無阻。他們的車子一到了省道九號環島公路，路就直條條往北衝到楓港，再來個右轉，不多時就進入車城的營區了。

設在營區禮堂門口，覺明特訓歸隊站，一時鳴起一連串的鞭炮，由擴大器宣布：覺明特訓隊，方易玄同志，第一個提早一個半小時安全歸隊了。報到站的工作人員，還有在營區裡聽得到廣播的，都報以熱烈的掌聲。有空閒的還跑過來看看方易玄，擁抱的，握手的。他還要忙著點交一些裝備，最後要到保健室去檢查受傷的情形，同時治療之後，填寫受傷情況的報告等等。

不多久，又有原住民的朋友用拼裝車帶了三名特訓隊員歸隊了。他們聽說方易玄早已回來時，也為同志高興，他們至少也算第二名了。

寫完報告，方易玄衝回寢室找出手機，即刻拿出紙條給娜杜娃打電話。娜杜娃為他高興：「方方，你平安到部隊了。恭喜你。」

「我到了！我好愛妳好愛妳。我有一個星期的榮譽假……」方方沒講完，娜杜娃說：「哈哈哈，不要說愛，說得太快了吧。」方方爭著說真的，好愛好愛。娜杜娃說，「是不是愛我，我不知道，大概是喜歡吧，我也喜歡你啊。」

「我真的真的很愛妳娜杜娃，真的了。」方方帶有一點冤枉說得很急，並且讓娜杜娃聽出有點哭聲而笑起來了。「寶貝，不要急，我真的也喜歡你才把電話留給你的。你們男生的愛要冰一段日子才知道。」

「我發誓，我真的很愛很愛很愛……」娜杜娃俏皮接唱：「愛愛愛不完。」

「我是真的！」

「再告訴你，我這一陣子是回來照顧母親的，我們準備把她轉到臺東的馬偕醫院，我會很忙，以後有時間就用電話聯絡聯絡不是很好嗎？」

「娜杜娃，我真的真的愛死妳了。」方方露出幼稚的孩子氣來了，娜杜娃有點厭煩但不帶生氣地說：「方先生，我告訴你，說愛我的男生不少，他們開口閉口就是愛，結果呢？他們的愛就是那麼簡單，愛妳的身體就叫作愛。我不說了，你很聰明，你一定知道我在說什麼。再見了，媽媽在找我。我來了！」最後一句回應媽媽之後，就把電話掛了。

這邊還在喂喂，娜杜娃，妳聽我說。喂喂……。旁邊看到易玄的同志，看到他握住手機往寢室外走時，一點都看不出他是覺明特訓歸隊的第一名。

八、我願意！

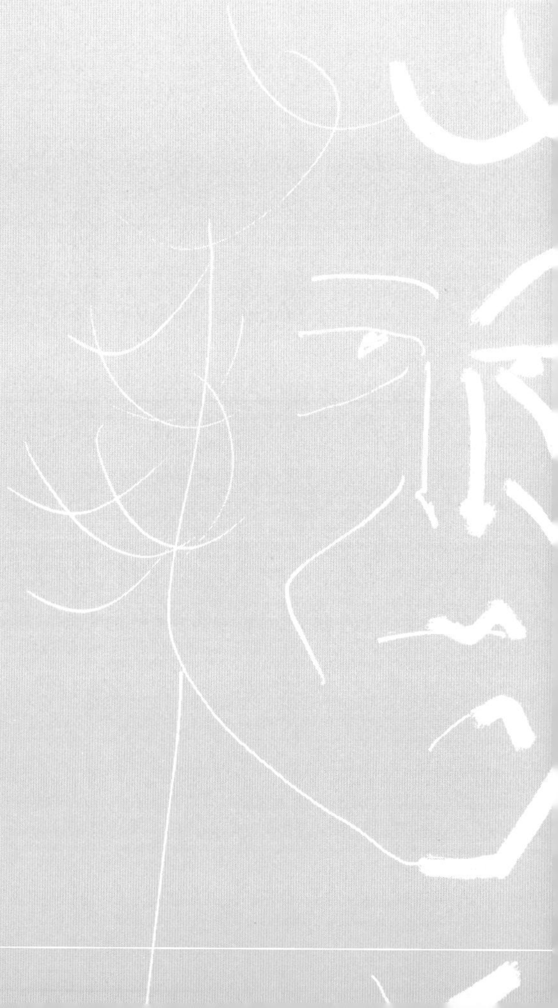

十點開往臺北的高鐵，因星期假日旅客比往常多。在重生基金會當執行長助理的璐西小姐，以她擁有幾分姿色，有計畫性的選自由座車廂；它有兩人同排和三人同排的，她有意坐兩人同排靠窗的位子，由高雄搭到臺北。

開車前十五分鐘讓旅客上車時，璐西早就站在前頭，當清潔隊員把車門的橫鏈拉開之後，她就一馬當先上車，找她要的位置坐了下來。隨後的客人很快地陸續上了車找位子。方易玄穿一身軍便服揹著背包，雖然近前左右都還有空位，他都不想，他站在璐西的斜對面，彎下腰來很客氣的問：「小姐，這個空位有人坐嗎？」

「沒有。」方易玄一聽到沒有，輕快的卸下背包，將它擱在行李架上，「謝謝。」兩人互看了一下，雙方都覺得順眼而笑笑。

重生基金會是勸募捐贈器官的非營利組織機構，在臺灣，一般人具有這樣的觀念為數不多，特別是稍年長一輩的人。璐西小姐搭車刻意找座位的用意，就是希望留下來的鄰座，有年輕的男人來就座。如果雙方談得來的話，璐西除了自我介紹之外，還特別介紹重生基金會的功能和意義，目的是想多募幾個會員。

易玄一直都有意無意地覺得自己頗有女人緣，運氣也不錯，他一坐下來就看著小姐側臉，笑咪咪地說：「對不起，我可能有一點汗臭。」他注意一下小姐的反應後，像自言自語，「……冒著生命的危險，在部隊爭取到山地特訓的冠軍，拿到一個星期的榮譽假，一路就衝上火車來了。沒關係，我會坐遠一點。」說後身體就盡量往外移。

璐西為了工作，本來就希望有年輕的會員加入他們的基金會，眼看這麼陽剛的年輕阿兵哥入網，再怎麼有汗臭也得包容一下，何況那只是對方的客氣話。她稍側臉過來笑笑。這麼一來他們的橋梁就架通了。「哇！恭喜，特訓冠軍。那一定很辛苦了。」

「什麼才辛苦？」抓住這話題，像打翻了易玄的話匣子，既高興又驕傲地說：「整個過程隨時都要命，危險得很。妳想想看，我們的部隊長在我們要出發上老母雞的飛機之前，部隊長訓話的最後一句說：你們去死吧！……」

璐西一聽，急著說：

「你們的部隊長怎麼那麼壞！」

「沒有啦，他是笑著說，要我們特別小心。」易玄把特訓和他這次的經過，再加油添醋，同時為了強調它的真實性，他還捲起褲管和袖子，展現多處受傷塗碘酒和敷紗布的地方，還有左臉頰上樹枝的挫傷。他還說身上前後都有傷痕累累。「特訓不能帶手機，當時很想留下自拍，證明給朋友看。」

易玄左臉頰和眉梢的幾爪挫傷的割痕，帶著笑容讓璐西感到帥氣十足。他們一路有說有笑。璐西談到自己的工作，有點抱憾地說：「聽我爺爺說我們的這種工作，和臺灣早前找人投保，參加人壽保險一樣，好像觸人家霉頭。人好好的跟人家談什麼死後的事，尤其年紀大的婦女最忌諱，只差沒生氣。聽都不想再聽。像你們年輕的男生還會聽下去。」

「那參加你們會員的人不多吧？」

「不多，以年輕的男生比較多。對了，還有跟宗教信仰也有關係，信基督教的也有一些，那就不一定是年輕人。有西方思想的人比較容易接受。」她嘆氣，「唉！人已經都腦死了，什麼都不知道。其實有的情形還可以救好幾個人哪，那就等於捐贈器官的人，可以活在好幾個人的身上，延續他的生命和愛心哪！」

易玄半開玩笑的問：「對不起，請問一下，妳參加會員了嗎？」

「開玩笑！自己不參加怎麼可以叫別人參加？我們重生基金會的工作人員，第一個條件就是加入會員。你說嘛，自己都不參加怎麼能說服別人？」璐西有點生氣。

「對不起，我不是挑毛病，只是很平常這麼問問。」

「會啊，會啊，別人也都會這樣問我，我還拿會員證和簽據讓人家看。」她說著從包包裡拿出會員證，「這是我的會員證，簽據歸檔在資料檔案裡沒帶出來。」看了璐西那麼認真，好像被冤枉而要證明她的清白的樣子。易玄說：

「我，我不是懷疑妳，我沒有懷疑妳，妳不要生氣。」

「我沒生氣，但遇到這樣的問題，自然自己就覺得被懷疑，被冤枉，急著要證明自己。就是這樣而已。」

易玄的手機響了。他想要是他幾個舊愛打來的話，有個新歡在身邊，可真不好講話。他沒理手機。他說：「我絕對可以體會到妳的意思，要是我，我也會這樣。」

「你的手機在響。」璐西提醒他。

「是啊是啊，」他一邊掏手機，一邊笑著說：「有了手機是方便，有時候還真叫人討厭。」他打開手機看到號碼是猴子泰，開懷卻壓著聲音低嗆，「嗨，什麼事？猴子。我現在有事。」

「你就講你的電話啊。」璐西說。

「嘿嘿我聽到，你又有了。」那一端的猴子回應。

「對不起我稍離開一下。」易玄帶手機到車廂過道地方，大聲說，「我好難得碰到一個，沒有一個男人不愛的。我回去再找你。」

「我要告訴你的也是沒有男生不愛的東西。」

「什麼東西？」

「漢克的媽媽終於答應他買一部超跑了。」

「藍寶堅尼？」

「你答對了！」

「藍—寶—堅—尼—？」易玄簡直不敢相信。前不久漢克才撞毀白色的奧迪，現在又……？

「人家有他的命啊。」

「好，我知道了，回去就找你們。我會打電話給你，你不用再打來了。我正在忙。」

「去吧，去吧，去忙你的鬼！」在他的笑聲中，易玄想回他幾句，心裡想想就算了。他帶著一份歉意，遠遠望著璐西走回來。

「我們常鬼混在一塊的朋友，他說我們另一個媽寶的朋友，他媽媽答應他買一部超跑，等我回去分享。」

「有這麼好的媽媽？如果是一部藍寶堅尼就要好幾百萬哎！」璐西表示驚嘆。

「什麼？好幾百萬？要一千四百萬！」易玄也驚嘆著，卻帶一點詭異有如自言自語：「我想這傢伙是故意的。」

「你說什麼是故意的？」璐西弄不清楚他的話。

「喔，我想我們這位媽寶的朋友，他很有可能把才買了一年多的奧迪，故意把它撞毀，再找理由向他媽媽吵著要一部藍寶堅尼。」

璐西簡直不敢相信有這樣的事，她反過來責備易玄。「你怎麼可以把朋友說成這麼惡劣。」

易玄覺得被冤枉。他想讓璐西知道漢克是怎樣的一個媽寶，但又覺得不該，他支吾了一下說：「我、我也不敢相信。」稍頓一下轉了口氣，「我們不談他了。」

兩個人算是才認識，但也說了不少話了。如果不再繼續聊下去，至少易玄會覺得怪怪。他正想回到前頭聊起器官捐贈時，璐西先開口說：

「我正想問你對器官捐贈的看法，你以為呢？」

「什麼時代了？還反對器官捐贈！」他之所以即刻不加以思索就回話，是他個人要表現男子氣概的反射也好，死愛面子的習慣也罷，「你說老人家反對。那是他們成長背景的時代啦、文化啦的種種，影響了他們的想法和看法，……」易玄也知道他從來就沒想過類似嚴肅的問題。不過他看到璐西臉上露出分享愉悅之情，再想掰下去時，對方有點等不及地插話問：

「其實老人的器官跟人一樣，比較頹萎，功能性也弱化了。問題是在像你一樣的年輕人比較實用。……」

他一聽像你一樣的年輕人的時候，易玄有種莫名的興奮，也搶話說：

「像我可以嗎？」他把靠背的上軀挺直，胸也挺起來笑嘻嘻地看璐西。

璐西禁不住用雙手摀住噗笑出來的聲音，滿臉漲紅地說：「我們說到哪裡去了？」

對這樣的情形，易玄被搞糊塗。他說：「我說錯了什麼？」

這麼一問，璐西雙手沒放，這次笑得話都講不出來，她一直搖頭，連淚珠都掉下來。她勉強急著說：「不要再說，不要再說……」

易玄側身看著璐西把手壓在靠右的肚皮上，她慢慢抬起頭說：「害我笑得肚皮都抽筋。」她看到易玄要開口時，用左手豎直的食指比在嘴唇中間。易玄把欲問的話吞下來，愣著等她平靜。

璐西深深喘了一口氣後，說明易玄的疑問。「通常我跟年輕的朋友說明器官捐贈，還希望他們加入會員時，都得耗費一點時間。哪有像你，想都不用想，一開口就問我，你可不可以？好像馬上就要捐贈器官。身體還挺胸危坐。我工作三年，訪問不下一、二千人，就沒遇到像你這麼乾脆，豪爽的！」

「一樣米飼百種人啊。我帶頭示範，當你的好 case。」

車即將到臺北時，易玄已簽署了重生基金會的合約，連印章和指紋也蓋了。「還好我帶了印章。其實印章誰都可以刻，唯有指紋和DNA一樣，騙不了人。」

他們交換了聯絡機號，愉快地分手了。

九、兩則新聞

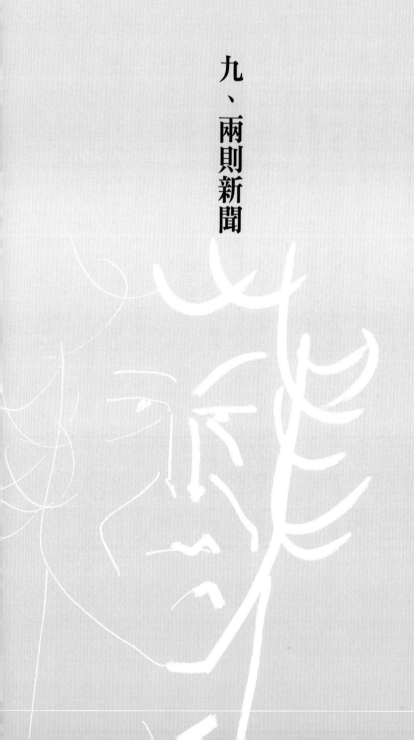

所謂新聞，尤其是電視的社會新聞，不管它是無線或有線，每天都有四、五次時段，內容差不多都重複；離不開詐騙、殺人、性侵、虐童、酒駕車禍等等，不然就是報導哪裡有好吃的攤位，哪裡有好玩的地方，再來就是某些政客，或是藝人辣妹的緋聞。天天千篇一律，搞得觀眾初看殺人、車禍等等令人驚悚的消息和畫面，已麻痺到視若無睹，冷漠地像觀望別的星球社會似的。這麼一來，搞得記者繃緊神經，到處去抓一些稀奇古怪的，稱得上獨家頭條的新聞。

那天某家的晚間新聞，電視上的字幕，來一個美術字的大爆字，並且在爆字四周，畫上炸開的不規則銳利四射的星輝，接著一排廣告標題上面寫著，「辣妹剪香腸，霸男霸飛了！」女主播忍俊不好開口又不能不說的窘態，她說：「刀槍殺人不稀罕，一把裁縫剪刀剪斷男性的下體，緊接著將那半截，丟進抽水馬桶用水給沖走了……」上萬電視機前的觀眾，被意識裡認為稀有的真新聞，他們像醒過來似的急切地想知道，主播的前頭是怎麼講，但轉到另家新聞，也都標示頭條，播報的小姐臉上所溢表出來的神情，觀眾多少都會察覺得到，非比尋常。再轉換其他的新聞頻道，它們幾乎都是同一條剪香腸的消息。有人想轉台想要看到有某台才要從頭播報的，搖控器一下子就被同時收看的人搶了過去：

「不要再轉來轉去，好好看到完！」這則消息使很多觀眾專注到，捨不得浪費耗掉報導的時間，很想知道它的來龍去脈。

其實事情是這樣的；在三重的淡水河靠岸的住宅區，早就有不少的私娼寮，半開半隱地櫛比鱗次其間。許多人都知道，只有警察先生不知道。他們沒有什麼特別門面，更不會有市招，用最原始的傳媒，口傳口的口碑。

其中有一家的老鴇阿蔘仔姨，她看起來像近五十出頭的人，事實上已是將步入七十的老娘了。於女性和身材而言，矮是矮了一點，時髦矯健，面容對外花開，對內嚴如緊閉的古府大門。她的門下保鑣兼跑腿，時而幫她抓抓癢的帥哥，二十七歲的郭長根，綽號「博士的」。他一味討好老鴇，視她使眼翹唇，敏捷行事而得寵。在那裡是一人之下，萬人之上，所有的娼妓都聽他怕他。

那一天下午市閒的時間，博士的心血來潮，要花名謎內子，那是日文的諧音峰子。他要她陪陪他一下。這本來就是常有的事，寮內的小姐都經常遭遇到的被吃霸王點心。這位博士的不講究衛生，不喜歡帶套子。他說這比隔靴抓癢更沒意思。淋病已經有抗生素輕而易舉的可以治癒，他卻非等到糜爛不堪，或是老鴇阿蔘仔姨罵他，他才會去就醫，因此常傳染給小姐她們。

峰子明知道求也沒用，她還是祈求他，要他帶套子。他不理不睬，怒目向她。她也不知道自己，為什麼明知道說了也沒用，竟然又哀求：「好不好？把它套上。」一把紙帶拆開的套子拿在面前，含淚看著對方。此刻，峰子防不勝防，重重地挨了一呼摑掌，坐在床沿的身體，像彈簧傾斜後再彈回來。她知道接著要怎麼著，她溫柔替博士的寬衣解帶。大概是因為生氣的關係，博土的寶貝不見挺起。她去撫摸它，翻開包皮，看到龜頭濛一層淡乳白的黏液。她小聲而坦然的告訴博士的說：「我去拿毛巾來擦一擦，今天就用，」她用手指頭指她自己的嘴巴；意思是說用口交。他懶得開口，頭稍一抬，用下巴一指，峰子知道他的意思，趕快下床去準備溫燙的毛巾。她照了一下鏡子，看到左臉頰明顯紅燒的掌印，使徹底害怕的心理，逆轉成極端的痛恨，一股不曾有過的勇氣驅使她。

她把用溫水泡好的毛巾擰乾，包裹一把裁縫剪刀回到床鋪，看到博士打開雙腿等待時，峰子深深吸了一口氣，不慌不忙趨前，捏住仍龜縮的龜頭，她咔嚓一聲，把博士的命根截斷。博士的大叫一聲，瞇內峰子衝下床，衝到廁所即刻把那一半截，扔進抽水馬桶將它沖走了。

博士的用手緊緊地捏住傷口止血，站在床邊口喊救命。老鴇和寮裡幾個人都圍過來，一時也搞不清發生什麼事。看到他一身赤裸，雙手緊握下體，和鮮紅血液從指縫流出時，阿蔘仔姨未問發生何事，即叫人打電話叫救護車。瞇內峰子從廁所帶著剪刀，一邊對大家說她要去派出所自首，一邊半跑著任後頭的姊妹淘死命叫喊，她連頭都不回直奔到警局去了。

這則辣妹剪香腸，新聞組概略的先讓播報小姐搶先吸住觀眾。緊接著也是畫面聳人聽聞，同樣的爆字特寫環繞長短不一尖銳的星輝，標題：「媽寶開超跑，超跑跑了，媽寶飛了！」在電視螢幕上，映入撞成一團稀爛破鐵的藍寶堅尼為背景。主播說：「擁有一部一千四百萬的藍寶堅尼超跑，對富有的財主而言是稀鬆平常的事，可是才買一個禮拜就跑了。這豈不叫人替他叫屈？……車上的兩位年輕人，跟著車毀人亡。」

哇！一聲，如果把許多電視機前，同時這樣驚嘆的聲音匯集在一起，恐怕連天雷都會遜色。接著畫面上看到車毀的現場，還有消防，警察和急救的護理人員，他們忙碌的情形。「……不幸傷亡的兩位年輕人，高中時是同學，他們的年齡都是才二十四歲。……」

在醫院急診室的外頭，兩家死者的親人，分成兩個地方背後靠牆，被麥克風和攝影機圍得緊緊。漢克的母親已經傷心到暈厥過兩次，這時只有垂頭哭泣，鼻涕和淚水流個不停，嘴巴喃喃起伏，能讓人聽得清楚一點就是兒子的名字漢克。扶持她一樣難過飲泣的女親戚，一個忙著替她拭淚擤鼻，一個輕聲不斷安慰著。拿麥克風的記者，抓住機會搶著訪問。一個由於擠不到前面，為了要對方聽到她的訪問，這位年輕的記者壓過別人的聲音說：「媽媽，媽媽，請問您會不會後悔買車子給您兒子？」此話一出，垂頭癱瘓下來的母親，猛一抬頭看了一下記者之後，又昏厥過去。不少觀眾在家裡電視前，怒罵：「幼稚！」、「二度傷害！」、「什麼記者？白痴！」

在另一邊的是圍著方家的一簇人；除了家人就是記者。如不做訪問也做現場的報導。這時候一個穿手術袍口戴口罩，手拿一張Ａ４的文件，帶兩位護士，很急迫地擠開記者的醫生，他貼近方家主人，攤開文件一邊讓他們看，一邊小聲做了說明。當母親的為殤子在哀慟的同時，是無法理會其他的事。方父雖心痛不已，但不至於完全失神。他是在這樣的情形下，才知道兒子前幾天才簽了同意器官捐贈一事。他完全愣了。醫生說了不少安慰的話。記者弄不清楚眼前的溝通，但看醫生這一邊小心翼翼，等待對方的回應。這時，時間愣在那裡，即使是一分鐘，在渴望的一邊，像是時間完全停頓，不然就是時間無窮無盡一直地在拖延。就在旁人連電視機前的觀眾都感到無奈時，方父將文件還給醫生，自己將臉貼近醫生，他小聲到連錄音機也錄不到地說：「不要讓她知道。」他用手暗指著離他不遠的妻子。醫生像放下一個重擔，連續向方父做了數次的點頭和鞠躬，轉個身就走向手術室，任機警的記者追問到門口，喊叫著說：「醫生，醫生，請稍停下來讓我們訪問一下，……」他們追訪落空了。哪知道，有一個記者竟然帶有點驚喜地叫：「那是一份器官捐贈同意書?!」這麼一叫，像一道口令，所有的麥克風和攝影機，都簇擁到方父那一邊，連站穩都沒站好，馬上就有記者問：「剛才你看的是器官捐贈同意書嗎？」插進來的問話，東一句西一句，「方先生，你同意了嗎？」「你是不是剛剛才知道有這件事？」被問得幾乎抓狂的方父，整個臉都糾在一起，他將腦袋用力往後仰，後腦勺重撞背後的水泥壁，碰一聲，頭就往前低低地勾下來了。

「請各位饒饒命好嗎？」方家的友人，說是請求，語氣是憤怒的。擾嚷的情況被壓制，記者紛紛避開到各個角落，做他們的現場報導。

有記者抓緊時間，即刻就打電話到重生器官捐贈基金會。他們得到的答案是確實的。至於要問有關簽約的情形，接電話的人，眼看把頭趴在辦公桌上的璐西，向記者回話說：「相關的人現在不在辦公室。……是前幾天才簽的。不過你們要報導的話，最好不要扯到簽約的時間。……為什麼？找人簽約器官捐贈，在我們的社會是很不容易的事。如果你們的報導，說出方易玄先生簽約沒幾天就遭遇到如此不幸的事，會被人認為簽器官捐贈，是自己詛咒自己，這不把人嚇壞才怪。我們再聯絡了，謝謝。」

新聞時間，沒一下子又跳回到剪香腸的睬內峰子。他們管區的派出所，也集了一群記者。因在偵訊加上拘留，記者不易採訪。

睬內峰子坦然面對詢問時，把事情的來龍去脈一一細訴；她一而再，再而三，始終否認是蓄意的。她說經過廚房的飯桌，看到針線籃上面有把剪刀，心裡的怨恨念頭一醒，就順便伸手去拿了。

問她後悔不後悔？她這才崩潰地哭泣起來。她說：「你們不是我，說了也體會不到我的痛苦，說了也沒用。」沒錯，情理法，辦公人員只要依法處理，會少掉許多麻煩。

檢察官和警察人員，把嫌犯帶回現場娼寮查個究竟時，除了阿蔘仔姨之外，小姐們都不在了。這下來看熱鬧的左鄰右舍，還有路人，都被攔阻在黃塑膠帶之外。記者只能在帶子外圍，透過攝影做報導，也有去訪問鄰居的人。

重生基金會這邊，向來就沒發生過會員一簽同意書，不到一個禮拜，一個年輕力壯的年輕人，就這樣傷亡。難怪讓璐西回想到搭高鐵認識易玄的經過；特別是她還沒完整地向易玄說清楚時，他就挺胸危坐表達同意。這樣的回憶，璐西突然覺得好難過。那時他好像準備要慷慨就義似的，讓璐西笑得肚皮都抽筋。想起來說有多麼矛盾就有多麼矛盾，責怪起自己來，在心裡留下了沉重的陰影，暗自在心裡說：真的有鬼。

這兩則新聞，除了在電視媒體炒得滾燙麻辣之外，在網路的世界沸騰得叫人眼花瞭亂；網民把瞇內峰子捧上天，只差沒把她捧成天后。

咔嚓一聲，清脆響亮。男生！你們聽到了沒有？

雄糾糾，氣昂昂？沒戲唱了吧。
拿剪刀的花木蘭，受我叩頭三拜。
再硬起來！再挺起來！讓我們看看。
我是隻小小鳥，飛就飛，叫就叫，自由逍遙……
剪刀女俠！
那是什麼牌的剪刀？我也想買一把。
剪刀、香腸、布……
剪刀來了！剪刀來了！還不趕快跑！
徵召金剪刀英雌部隊，消滅性暴力的男人。
……………………

十、香腸接臘腸

易玄的器官何等寶貴，可移植的樣樣都被幸運的病患獲得重生；連娼寮的保鏢博士的生殖器，剩下來的一截也給接回來了。在移植的手術房，主治醫生帶了七、八個實習醫生，一邊手術，一邊上課。

「你們算是非常難得碰到這樣的個案。我跟你們一樣，頭一次碰到這樣的case。」所有在手術房裡頭，加上四個護士就有十多個人；每個人從頭到腳，還有口罩全是淡藍色，這使露出來的眼睛，透過手術聚光燈的反射，顯得特別明亮靈活；就像一簇星星在天空閃爍。

「我知道，今天你們的心，有點不夠嚴肅。不像在做其他的大手術，像換肝換腎。其實手術就要定下心嚴肅面對。」這些實習醫生和護士，他們好在有口罩遮蓋了時不時往兩邊翹的嘴角。醫生指著傷口，旁邊的護士把聚光燈拉近傷口，「還好，是用剪刀咔嚓迅速的剪斷。看這傷口剪得多乾淨又整齊俐落，可見這把剪刀很銳利，要不然就比較麻煩。」醫生一邊講解，一邊動手，眼睛一直沒離開傷口，所以在聚光燈背後的實習生，隨著醫生講解，而令他們覺得有些些好笑的，或聯想到什麼好笑的地方，眼睛是瞟來瞟去的，互相表示對對方的會意。「因為兇手是衝動的，只想把它剪斷，絕對不會去思考如何橫切，所以它的橫切面成了斜角。」有人差點就笑出聲，他馬上抑制而改為小聲的乾咳。主治醫生挺起背部，抬起頭緩緩左右看了看，其實他繃了一陣子，需要放鬆一下說：「我知道，要你們不亂想也很難，所以覺得好笑。好在他是全身麻醉，……」這一說，實習生他們把可以哄堂的笑聲，壓成竊笑的音量。「你們也真是的！要是換成婦科的話……」整個手術室的氣氛差些鬆掉。「好了好了，都怪我。不過太冤枉了我了。說者無心，你們聽者有意啊！」醫生知道不可以這樣下去。他也可以猜到，他怎說，他們都會笑。好比說，他要知道剪刀的切口，是兇嫌正面衝趴下去剪，或是側面剪的，也有可能是左側或右側，也有可能倒騎在躺臥的人的身上，彎下腰趴下去剪的。因為現在留下來萎縮的一段頸皮，根本就開不了口做分析；他想，他怎麼說都會引起笑聲。他仰首張口，暗示護士將水倒入口中。拿礦泉水來的護士，小心翼翼地，一小口，一小口，倒入主治醫生的口裡。醫生在喝水的同時，腦子裡還在分析捐贈過來的那一截，切口的橫斷面，要如何修正恰當的角度，才能迎合一體。這麼嚴肅的問題，主治醫生已經想像到說出口之後的後果反應。他禁不住想笑。他把笑吞忍下去，卻被口中的水給嗆著了。在護士小姐拿新的口罩來替換時，醫生輕聲地向大家說：「對不起，對不起。我不再說話了。你們專注精神仔細看，筆記等手術完了以後，再丟給你們。」新的口罩掛上去，主治醫生就不再說話了。可是這時候該用語言拋出的筆記，很自然地像湧上來的泉水，一旦被堵住，反成逆流倒灌，幾將灌暴了腦袋。為了解除這種壓力，時不時，做一口一口的深呼吸後，安然穩定下來。難怪學生們在後半段的見習中，所看到的主治醫生像是在跑馬拉松，一路喘氣汗流。

這樣的新聞，有它的發展性。除了主線，另有很多支線的衍生。

「當然絕不能漏網，也不能破網。」新聞組的經理，要求多面多線的追蹤報導。例如剪香腸的主線，女嫌犯醚內峰子、被害者博士的、醫療的情況、老鴇阿蔘仔姨等等，都隨時間在延續發展。媽寶漢克和方易玄兩家的情形、訪問相關友人、還有易玄部隊的長官和戰友、女朋友等等。像這樣的新聞，不是一兩天即可以結束；隨著多面多線的發展，觀眾的興趣可以至少維持四、五天。那得看媒體怎麼編彙處理。

其中生殖器的移植部分，最為吸引觀眾，可惜手術現場，任何媒體都無法突破。主治醫生都交代清楚了，任何人到外頭不可隨便講話。電視媒體的報導，縱然隔一道牆一層壁，也可以指著它猜測裡面的情形。剛做完男性生殖器的剪接手術，他們換一間有白黑板，類似小教室的地方，把手術的下半段，如何判斷修剪的角度，必須注意的幾個重點寫下來；例如尿管是朝下的，因為皮肉糾縮了，不能不特別注意。醫生還在白黑板上畫了外半截的側面，還有一個大大的正十字四個象限，中心為圓心當著陽器的橫斷面，標示尿道管的位置等等。這個在手術室的外頭做筆記時，學生們更覺得需要口罩，來遮蓋他們聽講時，下意識也抑制不止，自然反射出來的笑臉和尷尬，好在教授也放鬆了。

窗外的鏡頭，在那受限的角度，也以斜角拍攝出他們的全景、白黑板的圖文、主治醫生的、幾個學生略微忍禁不住的臉上笑紋的特寫，和學生做筆記的斜側的身影。這已足夠外頭的記者，借題發揮報導。

由於同一天發生兩起這樣刺激的重大新聞，網路上不分紅黃綠白，網軍也好，散兵也罷，就像一鍋密密麻麻蹦跳的，大小泡泡滾燙的粥。更特別的是，他們成千上萬一面倒地將瞇內峰子，擁戴成最為偉大的女英雌；將男女平等，男女二字調過來，變成女男平等。而那被截剪的人，被更改了他的外號「博士的」，改為「正博士」。因為士字底下的一橫長，士字底下的一橫短，所以博士被截了一截變短了，就成了真正的博士。網路上人才濟濟，這則訊息，就可以從各種角度，以香腸臘腸熱狗火腿做比喻，發表短截有趣有力的短評，傳播到世界各地，推銷ＭＩＴ臺灣製，峰子牌的香腸熱狗之類的食品等等。另外還演變到對香腸感到噁心的人，跟讚美香腸的人，引起一陣網際爭論。

十一、由博士又回到博士

經過一個月之後，醫院確認郭長根的尿道管，與捐贈器官方易玄先生的前半截的尿道管，完全癒合可通暢之後，才抽掉插管的尿袋。但，醫院有交代，需要再多等一段時間才可以使力。

阿蔘仔姨的娼寮引起的大風大浪，在我們大眾傳播的社會，經過兩個禮拜，已經風平浪靜。除了醚內峰子被法官以殺人未遂拘禁之外，原有的幾個招牌一回來，寮業生火，燈一亮飛蛾就紛紛撲過來。

長根的綽號又改回來了，它不但被改回來；沒被峰子剪斷之前就叫博士的。那時候叫他博士的，是極其稀鬆平常的事。可是這次他回來之後，熟習的人叫起他的綽號：博士的，或是簡潔一點，「的」字不唸，就叫「博士」時，臉帶笑容，語尾好像另有其意。

阿蔘仔姨跟寮裡和其他相識的人一樣，很想知道博士的那一根接好後的模樣。不過只有阿蔘仔姨敢自動要博士的在私底下，讓她看個究竟。

「我這裡再給你兩萬，連醫院的費用，零星的不用算，這樣算的話，你還欠我二十萬。」博士的回到阿蔘仔姨的身邊，在沒有電梯五樓的一個小閣樓，他在他的小房間整理東西的時候，阿蔘仔姨對他說：「你臺東家那邊，跟他們聯絡好幾次，不理就是不理。那你就和原來一樣留在這裡，工作，薪水都跟以前一樣。你還可以騎機車載小姐吧？」博士的難堪地笑臉點了點頭。阿蔘仔姨稍注意一下外頭的動靜；本來小閣樓這裡就少有別人出入，她瞇著眼看他的褲襠小聲問：「現在怎麼樣？」

博士的還是有點難為情地笑笑，把垂下來的雙手略微攤開。

「讓我看看。」

博士的對解帶脫褲這樣的動作做過上千次，加上以前在阿蔘仔姨的面前，都不曾有過像這次這般地不自在。他低下頭，兩手輕輕抓住皮帶環，想要拉開，才用點力卻即刻就放鬆，抬起頭看阿蔘仔姨。

「喔！你也驚歹勢？」阿蔘仔姨也感到有點意外地看他一眼，伸出雙手，把僵愣在皮帶環上，博士的手撥開，替他解帶，再把外褲和短褲頭拉到他的膝蓋。「你坐下來。」博士乖乖的坐在床沿，她再把裹住雙腿打不開的褲子，全都脫個精光，但是襯衫垂在前面的下襬，卻遮住了阿蔘仔姨想看的地方。她要他身體往後用雙手斜撐著。

「唷喔！」當她把下襬掀開，壓低聲音驚訝地叫了一聲。它完全跟過去，他們暗通密語抓癢時，所看到的不一樣，差很大。特別是外接的一段，粗大又長，更奇的是銜接的地方，偏右成了一個鈍角，大概多出三十度。反過來看博士原來的這一端顯得瘦小，連接起來的樣子，誇大一點講，就像小孩扛木頭。阿蔘仔姨更進一步，本想一隻手去托托，但一看很自然就非得用雙面手掌並在一起側面捧托，這樣兩端還超出並排的兩邊大姆指。

「夭壽啊！怎麼變成這款？」她輕輕掂了掂，「哇，新的這頭，這麼重？」阿蔘仔姨從撩開襯襬之後就沒抬頭看博士的，她注意力全都被眼前的吸引住了。掌上的東西不敢進一步去翻動，只好貼近，或把頭放低左右側臉一看再看，「現在能用嗎？」她的眼睛還是沒離開寶貝。

長根博士的一開始就僵住那難堪的笑臉說：「你是說，說……」他不是不知道，覺得有點難以啟口。

「抓癢啊。」她小聲急切地說。

「我也不知道。新接的這一段，比以前好多了，現在還是有一點麻麻。」

「會硬起來嗎？」

「現在還不能，我看會。麻痺的情形已經好很多。硬挺也一樣，特別……」他恢復了自然的笑意，但話有點難開口。因為他的笑聲有了改變，阿蔘仔姨才抬頭看他，看到他的臉紅紅的，她想，她知道他想要說什麼。其實長根想說令他覺得奇怪的是，正在此刻阿蔘仔姨撫摸他的寶貝時，才開始發覺勃起，性慾直湧心頭。他沒說。

「此後拜託你講一點衛生好嗎？再不講衛生，我看，整支都會把它剪掉。趁這次醫院幫你徹底消毒過了。哎！你就好心好幸，顧顧衛生，不要像以前那麼垃圾鬼。」阿蔘仔姨放手站起來，長根也坐起來拉褲子塞衣服，目送開始有點心癢的老鴇轉身出去。

阿蔘仔姨一邊走下樓梯，一邊想像以後跟長根博士做愛的感覺；特別是前一截的粗大，和那凸顯的曲角，一搖櫓磨蹭起來，經這麼一想，從頭頂到腳底，起了一陣微波順著脊椎浪潮翻動。到了樓下，那種說不出的，想像的感覺，讓她的臉看來又年輕了幾歲。

屋子裡的幾個小姐，知道老鴇是上樓去看博士的。說她們是關心，倒不如說是好奇。因為想問的話不是尋常的，所以聚過來圍住阿蔘仔姨竊竊私語地問：「有沒有怎麼樣？」大家睜亮眼睛豎起耳朵渴望回答。

「什麼有沒有怎樣？」明顯的裝傻，大家都小聲地笑起來。

「我只能告訴你們，我差一點就被嚇死了！」說了之後，老鴇自己也抑不住地笑了。

「到底怎麼了？講嘛！」有人急切地有點焦慮。

「我話說在先，妳們不能去吵他。過一陣子等他好到完全，妳們自然就會知道。聽懂了嗎？他，死不了。」說完了就恢復阿蔘仔姨的原來面目；對外花開，對內如古府關門。

長根從手術後就沒有勃起過，方才的模樣雖談不上十分，至少也有四、五分，還加上心裡的性慾一起帶來的興奮，連自己都十分驚喜。可是這一切都隨著阿蔘仔姨離開閣樓，即漸漸消退。他自個兒玩弄了一陣子，挺不起來就是挺不起來。「講實在，剛才我想都沒想，想都不敢想，你怎麼會硬起來？」長根握著外接的一頭，一邊把玩，一邊欣賞，竟然跟它說起話來。他當然知道是跟自己自言自語開開玩笑。他並沒失望，至少從健康上來看，目前的狀況，讓他感到十分安慰。

不一會，長根也下來了。所面對的都是熟人；老鴇、幾個小姐和燒飯的碧婆、打雜的小妹之外，一些識途老馬，他們看到他的時候，總是用笑臉打個招呼。這也算是一層薄薄的陌生感之外，令博士長根在意的是，別人除了善意的笑臉，心裡藏了多少說他的長短。事到這種地步，只好能挨多久就多久了，他是處在被動的地位。

其實，那一層說不上來的異樣，是長根遇害前，耍流氓的流氓氣不見了。

小姐們不再懼怕他了。他那種天不怕，地不怕，走起路來三角六肩的臭屁樣，也消失了。

十二、討客兄？或是認客子？

剪香腸的驚爆新聞，在平面媒體，電子媒體或是網路，沒經過一兩個禮拜，幾乎都退燒了，連發生事情阿蔘仔姨他們的社區，見了博士的，也漸漸見怪不怪了。這可讓長根從不敢見眾，到遇人視若無睹；社會性的壓力也解除了許多。

不過跟阿蔘仔姨較有交往的女人，倒是在私底下，會好奇的問阿蔘仔姨，有關博士的器官接枝的情形。這種問題，老鴇還是看人說話。像他們就近的春桃嫂，她是在夜市賣勾芡的大腸麵線的。晚上十二點前就收攤，回來時總是會留三、四碗，順路帶回來送到阿蔘仔姨那裡，因為很熟，所以半賣半送。剛開始，春桃嫂就是對長根接枝好奇的一群人當中的一個，常常問起。這對阿蔘仔姨來說，是很矛盾的事；講也不是，不講也不是。

「妳以為長根是我的什麼人？就算他是我的兒子，我也不能想看就要他讓我看啊。妳說是不是？又不是替嬰兒換尿片。」

「妳不是說過，他以前跟妳們店裡的小姐亂亂來嗎？」

「那是他跟小姐她們，我，我的查埔人雖然不在，也算是有夫之婦，怎麼可以亂使來。」阿蔘仔姨說得有些臉紅。

春桃嫂知道這種事不能逼問，她早就聽燒飯的碧婆說過了。時間一拖久，再怎麼好奇的事也都被稀釋掉了，不再聞問。這倒反過來，阿蔘仔姨卻感到有一點點冷落。

有一天晚上，春桃嫂跟平時一樣，送來半鍋子的大腸麵線，大家嘻嘻哈哈一陣，老鴇送春桃嫂走到門外時，神祕兮兮地小聲說：「我看到了。」

「看到什麼？」春桃嫂茫然地問。

阿蔘仔姨聽到這樣的反問，疑惑了一下說：「妳不是一直想知道長根那傢伙的……」話還沒說完，春桃嫂像醒過來似的笑起來說：

「對啊對啊，妳看到了。到底接得怎麼樣？」

「夭壽喔！嚇死人啦。」她笑得很開心，「自從我長眼睛到現在，看都沒看過那個樣子，真不知怎麼講好。」她拉著春桃嫂的袖子，往河邊一路把她早前就看到的情形，說成昨天才看到。一個說長眼睛都不曾看到，一個說長耳朵也沒聽過，兩人談得興奮又心跳。

「怎麼？想看？」她挑逗地笑著。

「亂講！」春桃嫂滿臉通紅地笑著說。

「不要驚見笑了。事情有一就有二。我昨天頭一次拿出勇氣，把臉皮張厚厚的，問他手術後幾個月來的情形。沒想到，他問我要不要看？」她變得像陷入當時現場一樣，注意周遭的動靜，把聲音壓低。「我是在他的閣樓，一看沒有其他人，我只點了一個頭，他很快地就把褲子拉下來了。」

「後來呢？」

「不要想太多了。我剛說了，事情有一就有二，以後我多看幾次，他習慣了之後，我會說妳也想看。」

「喂喂！那是妳說的。」

「哎喲！他又不是不認識妳。妳帶來的大腸麵線，他哪一次沒吃？大家都熟到要燒焦了，一定會讓妳看。一定。」

「對啊，對啊，只是看看，又沒怎麼樣。咱們都是死尪的孤寡。」

他們兩個在河邊談得投入，不知不覺談了四、五十分鐘。要不是長根為了小姐和客人發生爭執，出來找老鴇打斷了她們，話不知要再談多久。

「講人人到。」春桃嫂小聲的笑起來。

「好好，很晚了，另日再講。」回頭問長根，小姐跟客人爭執什麼。

「客人說忘了帶皮包要掛帳。是生客。後來在他的另隻口袋找到錢了。」

回到分手的巷口，春桃嫂：「對了，忘了小鍋子。暫時放在妳家，明天再給我。」

分手後，阿蔘仔姨他們邊走邊聊，因為剛剛和春桃嫂聊的都是博士的那一根，聊得心癢。現在夜深連靠馬路的公寓也都睡著，入了巷弄更看不到人影，話題的主角就在身邊。她關心地問長問短。

長根有問必答：「妳也看了，接縫完全沒問題，放尿很順，」他嘆了一口氣，「就是翹不堅挺。奇怪的是外接那一截，翹得比我這一頭硬。」

「哪會這樣？照理應該是相反才對啊？」

「我也這麼想。」他停頓了一下，「這也不是手術的問題。它就是不聽我的話，不隨我心想。」

他們在門口聊了一下，阿蔘仔姨說：「好了好了，不早了。這不必去問醫生，這要補，平時吃營養一點。我會交代碧婆燉牛肉給你補補。」他們踏入門就準備打烊。「去外頭的查某都回來了嗎？」

「美娜還沒回來。」小妹說。

「美娜有跟我聯絡，她說客人要她隔夜，要我明天一大早去接她。」博士的爽朗回答；這好像是聽到阿蔘仔姨說要燉牛肉給他補一補，營養即刻就產生了作用。

博士長根回到閣樓，莫名其妙興奮到一點睡意也沒有。他不會無聊，脫光褲子，把玩著那一根新生命，嘴巴也不停地當體育老師：「要多運動，身體才會健康。來！上上，下下，一二，一二……，左左，右右五六七……，順時鐘的方向，一大圈，兩大圈……來！反時鐘的方向，再來一大圈，……」

長根玩得渾身發熱，但握在掌中的寶貝，始終如一傻愣愣地愣在那裡。博士的長根看著托在掌中的寶貝，自言自語地說：

「嘢！你已經移植到我身上了，你就是我，我就是你啊！對啊！我想起來了，有一個歌叫〈你儂我儂〉，說我中有你，你中有我。對啊對啊，我們是一體的了。你是我的寶貝，也該聽聽我的話。你不只是來幫我放尿，如果為了放尿，那我又何必你來移植，就留下我那一截也夠了。為什麼叫你寶貝，因為我們以後有很爽的事情要做。」他的手也沒停，隨話輕重不一拿捏著。自己意識到自言自語的好笑，只差沒有爆笑，笑出來的笑聲，是被擠壓變形的笑聲。

還好，他想到一大早要去摩鐵接美娜回來，伸手到床頭邊的小桌上，拿鬧鐘過來設定時間，準備睡覺。他人才躺下來閉上眼睛，外頭有人輕輕敲門。博士沒出聲，躡著腳移近門後，開了一線門縫，看清是頭家阿蔘仔姨，馬上就讓她進來。她舉右食指豎立在唇口，悄悄滑進來，轉過身替長根把門關上。阿蔘仔姨的找上門，對長根來說是很平常的事，而讓他驚異的是，雙眼哭紅了還在掉淚。

「發生什麼事？」

阿蔘仔姨又舉了食指，長根點了點頭，從桌腳拖出小凳子，要她坐在床沿，他坐小凳子兩人相對。但她把長根拉上來坐在身邊，長根馬上要解開內褲帶。阿蔘仔姨伸手壓住長根，竟然笑起來說：

「你以為我要你抓癢喔。那是你——！」她盡量小聲說話。

博士陪笑，心是焦慮的：「到底發生什麼大代誌？」經這麼一問，她又難過起來。

「你知道我有一個養子阿宏吧，是小時候領養的。我辛辛苦苦養他，養他讀大學，出國留學。」她難過地斷斷續續吐苦水，把過去的生活重溫。以前把阿宏寄養在花蓮娘家，盡量不讓他知道她在做的行業。哪知道他現在知道了，連她開始賣身的經過，到後來在人肉市場，搭上這裡角頭金茂，他就是郭長根博士的老大。因為有角頭的依靠，才在河邊風化區租了這賣不出去的五樓等等事。

「長根，你想想看，阿宏這孩子，他都沒去想養育他長大的人是誰，現在反過來，要跟我脫離關係，還要我的財產！」她深深抽個噎，吐了一口氣。

「這麼無情無義的人，給我說他書讀得多高有什麼路用。」

「他有寫信給妳，或是打電話？」

「有一個市內的代書……，不是不是，律師的樣子。他打我的手機，約我見面。」

這樣的事情博士的是毫無辦法插手，可是他卻急著想安慰阿蔘仔姨。

「不要難過。」他在心裡用力，也算是誠懇地握住阿蔘仔姨的手說：「我，我認妳當我的老母，妳也認我當妳的客子。」這話令她覺得意外好笑，笑得把傷心丟開。她雙手握住他的手，有點失控地爆笑一聲，趕緊煞住笑聲，聆聽周遭的動靜。除了遠處的河邊，野狗的叫吠，安靜如時間止了步。

「你說什麼傻話。要我認你做客子？你連想都沒想？」二人默默笑臉相對。「你常常替我抓癢，又要我當你的老母。你不怕被雷公打死？古早人講，亂倫者，五雷擊頂，你知道嗎？」她的笑紋更深，「做我的客兄還差不多。

不過你老大金茂若有神，我是犯討客兄之罪呀。」這個無意中帶出來的之罪的之字的諧音，只有她意識到湊巧暗喻什麼，而使她的笑紋一直皺在臉上。長根只有稍偏頭表示不解其意，伸手抓抓頭皮，做無聲的傻笑應對。

「不早了，不早了。睡覺吧。」她說完就走了。

十三、一夜之間

郭長根，外界稱呼他博士的，博士，怎麼說他，他都不在意了。這在命根未被峰子剪斷之前，完全變成兩人。目前他的內心世界複雜多了；好容易像從天上掉下來的一截寶貝，讓他失了，再加碼復得，這到底是福還是禍？以他自己的想法，可想像到的是禍。

要是知道它是累贅，那時候斷了就讓它短了，醫生說死不了。不過這是千載難逢，比中樂透還難，現在剛好有一根可以銜接。問我想不想，這東西不能拖，要快做決定。當然有比沒有好。我在驚慌的情形下，還說了上百次的謝謝，接著拜託醫生快快把它接上去。弄得醫生們覺得有點好笑。我那時已經不會覺得什麼是難為情。醫生還安慰我放心，不要急。

在更深夜人靜的時候，其實他就是在手淫。他剝光了褲子，不像前些日子使勁拿捏把玩，現在是有氣無力用手掌托著它，拿它無可奈何，抱怨地望著它，自言自語自怨自哀。阿蔘仔姨要碧婆常燉牛肉牛筋補他，精神和精力是充實可見，唯獨外接的那一節挺撐不起；其實也有六、七分的起色，比起阿蔘仔姨頭一次看它的時候有進步。她已經來看過好多次了，她很樂觀的鼓勵我，她又不是我，她怎麼知道。我每晚耗多少時間乞討它，要它挺立讓我做為一個男子漢。看嘛，就是這樣的死樣子。

有一天，阿蔘仔姨看長根出入較為自然自在時，她跟博士商量，她說：「認識你的人都很關心你，你現在做人也客氣多了。她們很想看。開始我是不贊成的，最後我只說明看過的情形給她們聽。這不說還好，經我一說，不得了，她們每天抓到我，就央求我說服你，讓她們看一看。」阿蔘仔姨停了一下，笑著對她們自家的小姐說：「客人叫妳脫褲子有錢拿。我說妳們要別人憑白脫褲子給妳們看，這是什麼道理？」

「說得也是。並且這次博士去住院也花了不少錢，聽說臺東那邊家人已不多，也都失散了，不管長根的死活。論起來，比妳們這些查某落魄多了。」碧婆的話卻打動了大家的心。

「這樣好嗎？我說我們看的人，每個人繳五百怎麼樣？」阿蔘仔姨的建議。五百元對小姐們來說，感覺上似乎多了些。她加強語氣：「我絕不騙妳們，妳們長眼睛都沒見過，再經過一輩子也看不到。」小姐們的好奇心被老鴇說動了。

另方面，阿蔘仔姨以為很容易說服博士，沒想到長根也懂得害羞。阿蔘仔姨對這樣的意外，生了氣。「你有沒有想想過去！哪一個小姐你沒睡過？你像皇帝，三宮七十二院，你愛跟誰就跟誰。你就是這麼鴨霸，才會被睇內子咔嚓剪掉。」她的話一改婉轉：「大家可憐你住院花了不少錢，他們願意每人捐五百元意思意思，就讓他們看一看，又不會死。有什麼不好意思。」

阿蔘仔姨的話我都聽得很清楚了，也想不出理由反對，但是我雖說服了自己，內心裡仍然不從就不從，好像不是因為什麼道理。最令我難過的是，讓苦口婆心對我講話的阿蔘仔姨生氣。自從發生事情以來，家鄉的人，還有親朋好友都避開他。想了想只有阿蔘仔姨最關心我，還付出行動幫助我。我答應了，這樣的東西怎麼能見人？如果見不得人，怎麼會有人想看，還要付錢給我。他握著寶貝自言自語，甚至跟寶貝講話：「你既然成為我身體的一部分，我早就求過你了，也該聽我的。再挺一點，我的驕傲，也是你的光榮。」自己沒意識到，他變得常常自言自語；特別是身旁沒人的晚上。這樣的對話，有的該被逼得回他幾句，就只差沒有任何的應答。

為了心裡糾纏不清的矛盾，什麼自尊心也不成理由。要日子好過一點，好像答應阿蔘仔姨才對。當阿蔘仔姨仍然抱著不相信長根會一再反對，她有點生氣的逼問：「你好好想一想，人家看不到它也不會死。簡單的說，就是關心和好奇。你千萬不能以為你擁有什麼別人非看到不可的寶貝。」即將吃午飯的時候，阿蔘仔姨提前提一只小鍋子和碗筷，破例地拿到閣樓，要長根吃特別為他燉補的雞湯。

長根受寵若驚，他不再猶豫什麼，他答應了。長根答不答應，與阿蔘仔姨的面子有關。她笑著跟長根說：「好佳哉，你答應了，不然你叫我臉要舉到哪裡去。」

這個消息一傳出去，原來以為只是店裡的九個小姐，碧婆，春桃嫂想看，小妹說不敢看。打折也不看。免費也不看。哪知道菜市場肉攤子的，壯得像頭母牛的玉雲，加上幾個她的女性老顧客，加起來將近有二十個。她們在不一定的時間，分批到長根的閣樓觀賞，每一場都有阿蔘仔姨維持秩序；可看不可摸。看過的人都覺得太神奇了，唯可惜沒看到它挺舉。這些熟女看完之後，每個人心裡想的都差不多；如果硬翹起來交合的話，哇！……

「夭壽喔！你比小姐更能賺，沒一眨眼，就賺了七、八千塊！」阿蔘仔姨把一小疊錢遞給長根，卻沒看到他高興。「怎麼了？嫌少？」

長根笑著搖搖頭，並沒回答。其實他的問題，是覺得很沒有面子，整個接枝的部分，毫無生氣地攤瘓似的死愣在那裡，當然，要是挺拔凜凜，那是該多麼地威風。就這一點俗氣的面子問題，糾結了長根的心情不快。

晚上深夜。我只能現在跟你說說話，不然別人還以為我瘋了。今天那些女人為了看你，你知道嗎？你賺了七千五百塊。可是我一點也不快樂。長根跟往常一樣，把移植過來的一截，握在手裡拿掐操練也好，撫摸也好，希望它能振作長進。時間過這麼久了，傷口銜接該好的都好了，就欠那一點爭氣。

什麼營養？牛肉，鮮魚，雞精，哪一樣沒有？我這一輩子沒你這樣享受過咧。我也知道，阿蔘仔姨的關心，她還寄望你健全之後，能替她抓抓癢。我沒她聰明，可以想像到你幫她抓癢時的感覺，我猜想，你好了之後抓癢的感覺一定很不一樣吧。

事情傳得真快，過不多久，想來看看的女性，竟然差不多都是不相識的人。阿蔘仔姨甚受困擾，這倒不是長根的問題，而是怕事情鬧大了；答應也不是，婉拒也不是。想一想她本來就在開娼寮，讓長根秀秀寶收些費用，這有什麼不同？最後跟長根商討的結果，還是不可太囂張為妙，因為很容易鬧出新聞，連原有的娼寮都會被逼關門。

後來以謹慎保守，應付一些不得不理的人時，被就近同行的密告，一伙人被帶到管區派出所。結果竟然無罪警告了事。理由是沒有袒露軀體的接觸，再者以友人身分探病看傷勢，至於付錢一事，那是探病者包給病人的紅包，祝他早日康復。這是世俗的一種禮貌，有何不可？主管笑笑無話可說，手一揮，讓大家都回去。

當晚阿蔘仔姨悄悄上閣樓，這時也剛好長根把褲子脫掉，正想操操寶貝。阿蔘仔姨跟長根說：「你每晚這樣操它有用嗎？不過管它有沒有用，它也可以賺錢了。喂喂，你賺的錢不用來分嗎？」她笑著，「那些小姐哪一個賺了錢不分的？她們是三七，你啊，我們算四六，你四我六。這樣怎麼樣？」

「單單這樣能做多久？老實講，這樣對我自己都感到非常難堪。他們不只好奇看著覺得好玩，真正的是，讓他們想起我被剪的事。」長根開始注意到自尊心的問題了。「我想暫時不要了。」他很少這麼認真地看阿蔘仔姨。阿蔘仔姨突然被長根這麼誠實又求情的眼睛感動了。她低下頭比往常更珍惜似的撫摸它，然後抬頭痛惜地說：「明天找個時間，去看那個給你手術的醫生，你就問他，說你就要結婚了怎麼辦？」話一完兩人都抱起來笑了。

第二天市閒郭長根到醫院，找原先替他做手術的醫生。時間雖然排在後頭，兩人見面就像熟透了的友人。「救命的陳醫師你好。」他恭恭敬敬向醫生打了個招呼。「那是你的福氣。現在有進步一點嗎？」

「有了，有進步了。手術的部分完全密合，不曾發炎⋯⋯⋯」

「把褲子脫起來我看。」醫生從頭仔細看到尾，滿意的，「真好！那個接頭有彎角，那是當時兩頭都糾縮，看不清楚。」醫生說，「這樣交合的時候，說不定比較刺激咧。」

「但是這樣軟趴趴，要怎麼辦？」

「後頭接的這一段還會麻嗎？你躺下來，眼睛閉起來。我叫護士用紙條輕輕碰它。有感覺就舉手。」

結論是末稍神經還沒完全布滿，至於充血挺勃，那得看你的性賀爾蒙的分泌。陳醫生問：「你會流鼻涕嗎？」

「我沒感冒，沒有流鼻涕。」長根認真回答。醫生卻笑起來說：「你會洩精嗎？」

「有時會，並不在它硬起來的時候。它不會完全硬起來。對了我也吃了威而鋼，還有兩種叫什麼頭，和什麼海陸的廣告藥。」

「藥不要亂吃，你還年輕身體照顧好，營養充足就可以了。我看不出有什麼問題。有的話是心理的問題，你被剪刀剪的陰影還在你心裡作祟吧。你可以跟精神科的醫生談談。」醫生看護士不在，他說：「看看A片也會有幫助。」

長根這一趟醫院之行，最後陳醫師點破了他的重點。到了深夜，阿蔘仔姨來問個究竟。她也覺得頗有道理。她說：「至少我不會拿剪刀剪你吧。」他們才笑開，博士驚訝地叫阿蔘仔姨看他的寶貝。她伸手一抓，結結實實地硬挺著。她小聲而急切地說：「快，快，快給我抓癢。快……」

這一下，是兩人過去經驗不曾有過的超Hi，特別是阿蔘仔姨，語無倫次的叫床，叫長根嚇到。他稍停頓下來，她就生氣。他要她，「小聲一點，小聲一點。太大聲了。」她好像完全沒聽到，照樣生氣似的大聲叫嚷：「不要停！不要停！嗳唷嗳唷！……」同時又叫痛，叫得死去活來。長根有點不忍，停了一下，又挨罵：「再用力！對對對，不要停！……」

長根在做愛中，發現阿蔘仔姨叫得最厲害的是，當他用力送進去時，那個突出的曲角，硬塞過陰道發出咕嚕的聲音。怪的是叫痛又叫他多用力，又不能停。

完事之後，阿蔘仔姨那滿足的笑臉上，淚痕縱橫交匯。她自從第一次在閣樓，看到長根手術後那奇異的模樣，她那時下樓梯就開始想像和期待。隔了半年的時間，什麼期待都將變淡至疑。哪知道一夜之間，想像不但成為事實，且事實遠比想像奇妙。

長根對方才阿蔘仔姨那錯綜複雜，又矛盾的叫床提出疑問時，她很愉快地笑著說：「這就是古早人說，查某人在做這種事，最最快活的時候，叫做氣、暢、忍。」她說這是很複雜，在同一個時間又要生氣，又覺得暢快，又要忍痛。她笑著：「這你做查埔人，是體會不到的，只有我們查某人才知道。不過也要看人，像我今晚碰到你。」她馬上稍嚴肅地提出警告：「以後你不要隨便跟女人亂來喔！」

老鴇離開後，長根終於領會到，所謂的不痛不癢的葷話，他得意的笑起來了。這就對了，寶貝。我以為我這輩子枉費做為一個男人，好在有你。他想彎下腰吻吻它，可是做不到。他盡可能用手搓搓，掐掐，撫摸表示愛惜寶貝。

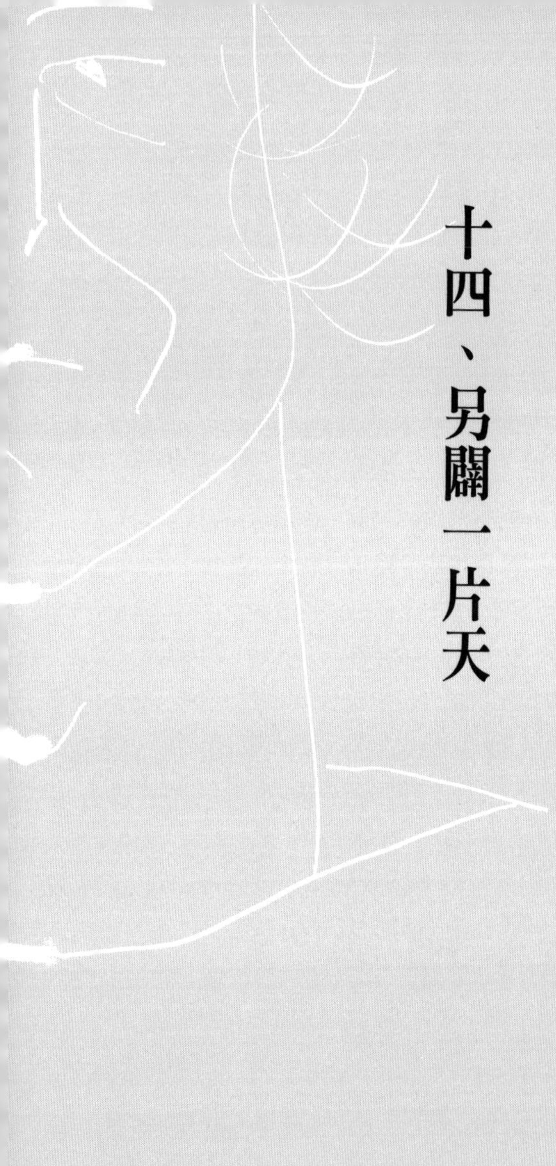

十四、另闢一片天

寮館晚睡晚起，午餐也吃得晚。大家陸陸續續，有的規矩一點坐在餐桌吃，有的菜挾好，端著碗站在門旁望著外頭吃，但是仍然有吃有笑。中午這一餐，除了阿蓼仔姨，大家都到齊了。長根是端著碗走來走去，跟以前未被剪之前一樣的習慣，與誰碰面就跟誰隨便說幾句；被接回來之後，吃飯的習慣還是臀不著椅地走動，所不同的是較不主動跟人說話。

這一天，他的心情已經不見陰暗，善目慈顏的樣子，是大家不曾見過的。碧婆說：「阿蓼仔姨今天那麼早就出門噢？」有趣的是，大家從各個角落，帶著笑容偷偷地看著長根，他左右來回，回視大家瞇眼一下。其實，昨晚長根和阿蓼仔姨的床戲，阿蓼仔姨難於抑制的叫床，早已擾醒四樓的，四樓的再叫醒三樓，就這樣大家才都醒過來。因為誰都料想不到，甚至早已認定長根將無能為力的人，聽到做事慬慎的老鴇，竟然呼天嗆地，哀爸叫母。她們都猜想到阿蔘仔姨超 Hi 過頭。

「長根仔，你去叫頭家起來吃飯吧。」碧婆說。

「妳不去叫，為什麼要我去叫？」

「你去叫才不會被罵啊。」聽了這話，瞇瞇笑臉的人，稍移開飯碗，大家開口笑起來了。長根也笑了。長根和老鴇有一腿的事，還有跟其他人的關係，大家心裡都知道，可是前天以前；是三、四天前，只能看，不能摸的事，大家都明白，此後長根只能賣相，向好奇的人掙一點錢而已。哪知道那死相，突然活起來，讓阿蔘仔姨叫床叫到天都亮了。

小姐裡面資格較老的青青講話了：「我看現在要看長根那一根彎翹，不止五百了！」話才說完，阿蔘仔姨從二樓的房間下來，剛才大家談的話，她也都聽到了。想了想，不能責罵任何人，只好一邊走下來，一邊笑著說：「什麼看一次五百？以後長根的價錢，比妳們誰都高。」

「什麼啊！以前他要什麼人就要什麼人。事情做完後，不被他臭罵就謝天謝地喔。錢，妳一毛錢都要不到。」有人抱怨笑著說。

「就因為這樣，瞇內子已經替大家教訓了，這件事就不要再說了。」大家看著長根，他做著扒飯的樣子，把不好意思的笑臉遮了一半。

這一頓飯嘻嘻哈哈，幾乎吃了什麼大家也沒去注意，只知道大家吃得很愉快。

長根的寶貝一活過來，經阿蓼仔姨平心而論，證實他，長根絕對可以讓對方，獲得該有的享受。

「照妳這麼說，在這方面，當女人的我們，都吃了虧讓男人玩弄而已？」較年輕一點的秀秀，不曾真正享受到女人的快感這回事。

「唉呀！要真正講到妳知道，我的頭髮也白了。」青青很不滿地說：「查埔人差不多都很自私。在做這件事的時候，他們說好了就好了，根本都不會考慮到我們查某人的感覺；都不會問我們要怎麼著。說什麼男女平等?!」她說得頂冤枉。

阿蓼仔姨畢竟是這一門生意的人，長根的復活，她認為是一門大事。她把碧婆和青青、秀秀她們幾個小姐，聚集到飯桌，講講她的想法，同時也要聽聽大家的看法。這件事是臨時發生，沒有事先的籌備，長根就被邀到老鴇身邊。

「前幾天長根讓人看看就有錢賺……」阿蔘仔姨的話被插了進來。

「早上，我還有小妹都接到一些想來看的人的電話。」

「還有幾個男的。」小妹補充著說。

「現在不能再接了。昨天管區的所長，才睜一隻眼，閉一隻眼放目放過我們。我看這件事就不提了。」老鴇有點為難：「現在不但可看，還可用。這事情才大呢。」

有一位叫小雀的小姐笑著：「長根要跟我們一樣接客了？」

「接客？我們小姐一日可以接十多個。他們查埔人，尤其是年紀較大的，一禮拜接一個就不錯了！」青青又說：「我們上一輩的，在金門時，在軍中樂園，阿兵哥拿鋼盔排隊，一個小姐一天接三、四十個，這是很正常的。」

小姐們的話越談越離題。「今天我們要談的是長根的事，不過，我們要談的是他那一根接枝粗大，又有彎曲的角度；這是我們查某人，真正可以爽到氣、暢、忍的地步。」阿蔘仔姨把腦子裡的困難都拋出來了。長根要怎麼收費；他又不可能天天接客。客人要從哪裡來？就在閣樓開房間？千萬不可。還是找摩鐵。

「那天單看就五百。現在如果睡覺的話就收兩千。這已比我們小姐好多了！」

「哎喲！跟你這種菜鳥講話，簡直就是浪費我的口水。」阿蔘仔姨斬釘截鐵地說：「兩萬！」

「阿娘喂！兩萬？」

「妳們要知。任何事就不要讓查某人愛到。」她把前晚向長根解釋的話說了一遍：「她們愛到了，就是愛著了，比死還要慘！意思說一愛定了，就不會改變。」阿蔘仔姨像特別為女人出氣：「她們如果有錢有權，一定比查埔人更加慷慨。」

這樣小型的閒聊，認真的阿蓼仔姨不認為是會議。她最後吃完飯，就回到她的房間，延續她剛才的思考。

長根想，阿蓼仔姨忘了提醒大家，說那彎曲的曲角，使它在進進出出擠塞的折磨，產生不知是耳朵聽到的，或是心裡感受到的，每一次都會發出咕嚕、咕嚕、咕嚕，好不容易才擠壓過去的聲音。總而言之，今天的天仍然一樣，但阿蓼仔姨的世界版圖，又得了另一片天。

十五、井水犯河水

應該有八位的一小簇小閨蜜，她們不是人家的小三，就是四、五、六，某一家五星級飯店餐廳小包廂，就是她們沒什麼定期，常約聚在那裡閒聊。聊些國外旅行，吃到什麼奇怪的東西，買到什麼稀有的寶貝。不然就是正好穿著的這套服裝，還有別針耳環和香水。對了，最近也聊起醫美和玻尿酸之類的事。聊起東西好像沒有欠缺，但稍聊到自己的男人，都似懂非懂聊起他們在國外的事業，所以略知他們都很忙。這麼說的時候，她們大多數都顯得很光彩。談到多久回來一次，孤獨感或者某種程度的忌恨另有他人的事，就會吐吐心酸。

「我跟我先生說，你也該多回來看看小孩啊，不然以後就認不得你了。」惠儀說：「他說妳知道我有多忙嗎？一會兒越南，一會兒深圳。」我還說我是你正牌的老三呢。他回我說妳還缺什麼？

大姊說：「我家的老先生說，妳知道嗎？法國的企業家要向銀行貸款，董事長，總經理都得做身家調查。其中有一項外遇，如果沒有的話扣分，有的話加分；表示他有能力。」

「表示什麼能力？我問，社會能力？性能力？他說我猜對一個；社會能力，還有ＥＱ不錯。說我應該替他感到驕傲。」

「法國是法國，臺灣是臺灣。怎麼比？」有人很不以為然。

大姊年紀稍大，她常替年輕一點的人開解心頭上的糾結。她說自古以來，到今天這個科學文明，人權自由的年代，男女還是不平等。男人在正面背面有幾個女人，被媒體披露一兩天，雖然有所譴責的成分，反而少於誇耀或令男人羨慕。你反過來看一個女人，偷偷擁有其他男人的話，就被批評羞辱得一文不值。

「女人啊，就像男人在打麻將的籌碼，一時贏得多就高興。」大姊補充說。

真珠也有話，她是聽阿嬤輩的人講，她說想起來就很恐怖。說以前貧苦的年代，稍有點錢的男人，在外頭養女人的事也算普遍，可是有囸的女人，一旦搭上心愛的被捉姦的話，那事情就可怕。這位戴綠帽的先生，找一根木頭栓塞在女人的下體，然後讓那女人跨騎在牛背上繞街羞辱。其實做這樣處罰女人的男人根本就不是人。可惡到極點了！

以前的女人比較悶騷，不像現在的粉絲，可以大聲地叫喊我愛你，或者跑過去跟他自拍。以前哪有可能；以前倒沒有什麼歌星、藝人、演員透過媒體經常看到他們。以前臺灣的歌仔戲，有一陣子都是女演員，她們反串演老生、小生、丑角，家童等等。那時有錢人的太太，非常著迷其中反串演小生的演員；比起粉絲粉條更迷，迷到被稱為戲箱。小生隨團演到那裡，戲箱就跟到那裡。這些貴婦人家裡不缺奴婢，什麼事都不用她動手動腳。可是她去當了戲箱，卻在後臺替心愛的小生倒茶，小心用宣紙把透出粉妝的汗滴，一一把它吸乾，不是擦乾，右手拿著扇子搧風，茶水太燙還會挨罵。為了表示小生演出的出眾，大伙兒還得捐錢，寫在紅紙條，貼在戲棚的前簷，一列排開。

「當戲箱的先生責怪她時，她就回話，說小生她們都是女扮男裝反串的角色，你吃什麼醋？」說到這裡，她小聲向大家再做提示，說那些小生，你們不知有沒去注意，她們的右手的手指甲，那些指甲都修剪得圓滑，滑溜溜的……。

「為什麼？」

「用膝蓋想也知道。」

大姊和惠儀是笑出聲來了。不懂裝懂的，看她笑臉上的尷尬勁就知道。而那不懂的就是不懂的，也有她們的傻勁。因為此事引起爭論，經過大姊暗示，說那也是一種同性戀的行為。

到底從鄉下來，年歲稍大一點的大姊，她懂得很多，話匣子一打開，其他人的耳朵都豎起來了。

她說我們看看以前的某一個現象，我們就知道女人她們以前是多麼悽苦。早前的女人最喜歡看歌仔戲，特別是女主角苦旦的遭遇。這種戲苦旦可以說從頭哭到尾；歌都是在唱她們大大小小的辛苦的日子，這種又哭又唱的歌，叫做哭調仔。它分成宜蘭哭調仔，和台南哭調仔。這種戲的演出，不管是野臺戲或室內戲，絕大多數的觀眾都是女人。臺上苦旦演出她遭遇命苦的事，差不多也是臺下女觀眾的苦命一樣，因此常常臺上臺下哭成一遍。哭過的人，戲一完，心裡會舒暢一點。

原來的小聚會是互相取暖的，一談男女關係，個個也都變成程度不同的受害人，只是話不談自己，談談別人的遭遇。在這樣漫談中，並沒有什麼脈絡，想到什麼就講什麼。「喂喂！前一陣子，有一個凌虐妓女的傢伙，反而被那妓女把他的下體剪掉。」這件事大家還有印象。「後來算他運氣好，得到器官捐植把它接上。半年來算是復原了；可是現在變得很怪，據說是彎曲的，原本的部分，很像一把小手槍的小把手，外接的部分像槍桿卻特別粗大。」

「太可怕了！」

「太可怕？妳想看他還得付五百塊咧！」她強調說：「還得排隊。」

「有人看？」

「沒人看為什麼要排隊。」

大家覺得太可笑了，想散場的時候，大姊的手機響了。

原來說沒辦法趕來的葉玉月打來的。她說十分鐘後趕到。告訴她下次見。她說有很重要很重要的消息要告訴大家，因為電話不好講，當面再說。還說叫大家叫西點和咖啡，都由她請客。大姊對大家說就等她了。

「玉月啊！十分鐘以前就到喔！」大姊說：「就等吧。有什麼那麼重要的消息？」

玉月八分鐘就趕到了，滿臉通紅地指著她拿的手機，神祕兮兮地說：「這個不能開大聲，只能讓大家偷偷輪流聽。」

「到底是什麼啦？」大姊有點不耐煩說：「好吧，就讓大姊先聽聽。」她接過玉月的手機，走到廂房的角落，成為大家注視的焦點。大家看到她從容把手機貼到耳朵，她們先看到她一愣，再過五、六秒，她把拿手機的手，伸到離耳朵最遠的地方，很快地又像捨不得漏聽，把手機又貼上耳，她臉孔的表情，皺眉，睜眼，歪嘴，吐舌，低頭笑出聲等等樣樣湊在一起，使旁觀者的閨蜜姊妹們的表情也無法自制得可笑。大姊聽完了，通紅的笑臉對著大家，這才使剛才繃緊了筋骨的大家，即刻將它放鬆下來。玉月的臉不但沒消滅剛進來的通紅，笑臉上反而有加。

「來吧，現在輪誰來聽？」大姊把手機伸出去，大家又想，又不敢搶先。真珠說：「大姊先告訴我們，我們再聽嘛。」

大姊想了想，這怎麼講呢？這是要用聽的。她說了：「這又不是說故事，怎麼講好呢？好吧，我來告訴你們，玉月的錄音是男女在做愛，這個過程都是女的在叫床，有呼天喻地，有哀爸叫母，有說奇奇怪怪的髒話。簡單的說，這個女的很那個那個，」她笑得幾乎說不下去。「很好就對了。就是這麼簡單。沒有用聽的是體會不到。」大姊手上的手機，等不到積極伸手過來的人。她又賣弄做大姊的知識權威。她說在做愛這件事上，男人還是最自私，他們只想到自己的感受，不大注意女人的感受。所以這件事，男人做完了就算完了，很少去考慮女方的問題，因而女人很少達到真正的最高潮。她說：「英文字我已經記不大清楚了，好像是 masochist，大概吧。這意思是性被虐待狂，是說女性的性高潮，是在又痛又癢，又讓焦急生氣的同時產生的。這是要經過一段小時間，很多男人做不到。」大姊沒想到，看到大家才覺得她們聽得好認真。她玩笑地說：「好！下課。」大家這才輕鬆笑了起來。

一個午餐加上下午茶，她們才仔細地把錄音聽完。有人問此錄音怎麼來？葉玉月說：「家裡燒飯的阿桑，從菜市場帶回來的。」一隻井裡青蛙的奇聞，不知不覺泛到河裡游魚的耳朵裡了。她們平平靜靜揮揮手散了，心裡被撓起的塵埃浮沉不停。

十六、要死要活天知道

我萬萬沒料到，半年前發生的事，從斷崖跌到谷底，竟然一夜之間即刻讓我翻騰到巔頂。在深更半夜，他已經習慣脫掉內褲，雙手撫弄撫摸他的寶貝，是自言自語也好，跟它講話也罷；半年間說盡好話，看它死愣愣的情形，也曾經一整夜多在糟蹋它，羞辱它，唯獨希望它快快挺起來，讓他做為一個男子漢。這樣做的情形，也只不過是發洩發洩苦悶的情緒而已。前幾天前，一夜之間，寶貝挺舉得讓他的褲襠膨凸醒目。他既高興又不安，趕緊去買了兩件寬腰一點的卡其褲替換。平常看起來還勉強過關，但當難於控制的淫念一起，他就必得馬上，把右手伸進褲袋裡把寶貝拉到一邊。

唉！有一次下班的時間，我跟人擠上捷運，原靠車門那裡有一支把手，我站得好好的，但不遠的地方，有一群穿裙子的高中女學生。我不知怎麼搞的，寶貝不但挺起，還讓我往白腿叢林那邊擠過去。我趕快伸手到褲袋裡，把那傢伙握住，再把它扳到一邊。沒想到這樣的動作，竟然被一個女學生發現了。首先她是小聲提醒同學，當她們都往我看的時候，我拼死拼活的擠出即將關閉的車門。我喘著氣站在月臺，目送她們時，還看到她們的頭集在一塊，往我指指點點，也有人用手機在拍我。我機警轉身就走了。這真是叫我難堪死了。本來這種事，我都可以控制自如，現在你不管任何時間地點，想挺就挺。以前求你稍微振作，你理都不理，只差沒向你下跪。

今天你是怎麼來著？你使阿蔘仔姨痛快到求饒，說她累得把命都擠出來了，超爽是超爽。她說這樣常做的話，會把她的胃口寵壞。她比喻說：「三餐都吃山珍海味，到頭來，世界上就沒有什麼好吃的東西了！」恐怕以後會有一段時間，畏忌這樣的事也說不定。

「真的有這麼好嗎？我怎麼沒像妳那樣的感覺？」長根不解。

「啊，這種事久沒做就像饑渴。不管對方長得怎樣。有的還有感情。有的是看你的傢伙或是技巧。」

「我的呢？」長根看著阿蔘仔姨笑。

「你啊，你是看你那一根傢伙。晚上最後在摩鐵的那個女的；那是一個大企業家大頭家的女人。她跟你做完，馬上提出掛號，說這一兩天再給她排一檔。她多給你五千塊小費。她偷偷跟我說，這件事她沒這麼享受過。」

「跟她說，我明天就可以。」長根很有信心地說著。

阿蔘仔姨驚訝地說：「什麼？你是鐵打的喔。兩天連著三次？」

「妳看嘛！」他秀出振振有神的寶貝。「它好像沒碰過女人。我以前都不會這樣。」

「讓你說起來，它跟你像是兩個人。」

「咦！妳怎麼跟我想的一樣。」長根好奇地說；「在摩鐵看到妳說的大頭家娘，她貼了兩張面膜，再看她袒露出來的身材，我是一點胃口都沒有。」

「結果人家百分之百的滿意。我已說過了，她馬上再掛號。我說男人要看精力，有時恐怕都要等一個禮拜。她聽我這麼說，就多塞五千塊要給你當小費。我剛才說了。」這個行家老鴇阿蔘仔姨，她馬上交待某些細節：「你千萬不要以為你一定會讓客人滿足，到時候，什麼事情都得由女方說了才算。

絕對絕對，甚至於是女方要求你進去，你才可以進去。她想耗多少時間，也都由她做決定。你現在是妓女，不是大男人的嫖客。」阿蔘仔姨借機調侃聊聊就離開了。

今天我已經累到不行了，你不累我累了。我要好好休息。如果隔間有人聽到長根講話，一定以為另有他人，只是他不怎麼回應長根而已。沒一下子長根累趴了。它雖然不再全神挺立，半癱狀態的動了動，好像在做夢。

一般的老百姓絕對不會知道，在我們社會，有這樣的市場，有這樣的貨色，竟然一枝獨秀。敢於表示需要的女人比起想像還多，有人以競標的方式提出包養。長根唯一抱憾的是，他無權選擇對象；當然也有不少中年少婦，豐滿秀色，不過還是略微體垮失色，說起話來粗魯不知可否，好像沒有什麼不可說的，暴發戶的女人為多。

不到一個月的時間，長根飛黃騰達起來了。他回想起來，為自己慶幸不已。當時被膣內子剪了命根子的時候，只有極其驚慌，反而一開頭直到醫院手術，除了揹一只插管排尿袋之外，都沒什麼劇烈的疼痛。唯一埋怨的是，甚怕自己失去做為一個男人的尊嚴。現在那個曾經讓他頹喪，死了心的心情，也完全去除了。性慾的發洩，除了古代的皇帝吧，有哪一個男人可以跟他比擬？錢也有了。不到一個月欠阿蓼仔姨的錢也還清了。在他的生活圈子裡，沒有一個人看不起他。阿蓼仔姨最有趣了；有時把他當老公，有時把他當義子。他獨自想想，人生確實真有趣；讓他痛恨到極點的瞇內子，當時如果沒有她那一剪，哪有今天這種福可享。

啊！瞇內子？瞇內子！郭長根？郭長根！啊！真想不通，也無法了解？對啊！如果沒有那個人捐贈的寶貝，就沒有這齣戲了！真是的！郭長根單獨的時候，就是想他的命運和運氣，那些東西在腦子裡牽扯過來，牽扯過去，不斷纏繞到糾成一團，也因為如此一來，想把它解開，又解不開，所以才變成自言自語，或跟看不見的人講話似的，在他獨居的時候。

十七、謠言惑眾

樹大必招風，大家認為特殊行業，就是以女人為商品，男人去花天酒地之類的消費行業；消費者以男人為主。沒想到竟然反過來，男人為商品，女人為消費者；並且它的特殊性是孤行獨市，一枝獨秀。

原來在淡水河邊的妓女戶，過去都由角頭金茂大哥一幫人，在收保護費，後來由於阿蔘仔姨攀上金茂大哥，他們租了一棟五樓，派臺東的青年郭長根博士的，來做保鑣，所以他們比起同業的，就免除保護費外，和管區的也都很麻吉，生意也好做得多。

三年前老大哥金茂走了，阿蔘仔姨還是受到舊識兄弟保護。可是，有了長根這根獨秀，為了女顧客的方便，過了橋在環河北路一帶的巷弄，找了兩家摩鐵，讓長根接客。這樣的改變，事情有些複雜：管區、角頭、摩鐵的頭家和里長等等都得去喬攏。阿蔘仔姨和長根，有過去金茂大哥的勢頭，他們以為牽牽關係事情就好辦。但事實不然，人際關係也像生命一樣，會老化，會死亡。這種黑白兩道的生命是利與害的關係，時代稍一改變，新生的一代所謂的道義二字，好像在聽《三國演義》和《水滸傳》的故事。

長根的轉變確實神奇，而神奇的事情經過帶有些神祕感的口傳，事情本身就變得活絡。把長根接枝過來的東西說成神鵰，把過程說成龍鳳配，把短短將近一個月的收入說成千萬，並且事業正在興隆發展。有這樣的好事，隔水的那一邊角頭，絕不等閒不聞不問。那位堪稱環河地區，靠萬華一帶的小龍頭阿龍，帶了兩位隨從去找阿蔘仔姨要保護費。阿蔘仔姨問他憑什麼？

「金茂嫂，我們都是靠這途生活，妳現在很過得去，我們那一邊現在只靠喝港水。我們需要妳多少贊助一下。」

阿蔘仔姨氣得不大想講話，可是還是憋不住：「看你少年，你們還記得金茂大，那你為何來找我？」

「誰敢不知道金茂大的。但是誰都有自己人的角頭。妳想想看，以前我們來問過妳這邊的大小事嗎？沒有才對。」為了緩和氣氛，阿龍以笑臉接著說：

「不過，你們的博士長根兄，都利用我們那一邊的環河地區的摩鐵挖金礦。我不是來反對，我是來跟妳金茂嫂參商一點紅利來分而已。」

長根在外頭接到小妹的手機，他從新莊趕回來，由於小妹的轉述，語意帶有被找麻煩的意味，所以他一進門就看到阿龍他們，一張臭臉，面對客人的笑臉。他看到阿蔘仔姨的憂頭結面，馬上對客人說：「好兄弟啊！你們呷水頭的，怎麼來找我們呷水尾？」

這種言笑的俗諺，倒過來聽即是一種挑戰。

「哇！金茂嫂，妳種的這棵搖錢樹有夠大，有夠高，我想他的根一定比別人長吧！」來者都開懷笑出聲音來了。這種場面的言語往來，意義經常是相反的。笑臉是裝做無懼，笑話是當諷刺玩笑。有一邊一認真起來，對方即可藉故衝突，咬定對方的不是。

長根的那一張繃緊的臉，客人馬上直話直說：「臺灣找不到查埔人賣身，像你一個月賺查某人錢就有兩三千萬。」

長根幾乎聽不下去了：一，不是我故意去接枝。二，根本就沒賺那麼多錢。阿蔘仔姨為他抱屈，同時又怕長根一衝動起來，不知會不會發生衝突，導致難以收拾。她站起來推著長根離開：「阿龍仔兄，這是很大的誤會。長根，你進到裡面。我來好好向他說明白。」長根釘在那裡不動。

「金茂嫂，我們今天來並不是來吵架。妳也很清楚，角頭要是一吵起來，怎麼會來兩三個人。博士留在這裡更好，他是男主角，有些事情他比誰都清楚。」阿龍過來牽他的胳臂，讓他坐下來。阿蔘仔姨看他稍冷靜下來，放心多了。她深深嘆了一口氣：

「有些話傳來傳去，一些話都膨風起來，貓鼠講成山豬，貓仔說成猛虎。長根的事，我做為一個查某人，說起來比較不好意思。現在他人在這裡，讓他自己來講最清楚不過了。我最好不要聽，你們好好去講，你們也不用擔心我們套話。」她站起來吆喝小妹準備茶水。她稍一回頭看著長根：「有話就照講，好好講，我不在這裡，你的話更好講。」她一轉身就進入裡面了。

「這樣好嗎？」長根說：「你們有什麼問題儘管問。我知道的，長根不會相瞞，有什麼就講什麼。」

「其實我們也不是為了想要知道什麼。因為你在我們的角頭，有兩間摩鐵做你的生意。我們是希望每一個月，收十萬的保護費。」

「十萬？」長根十分驚訝。

「是啊，兩間十萬就好。」根據阿龍仔他們知道的，長根一天可以接一個女人，說一個人兩萬。還說幾個老一點的閨蜜，錢給得嚇人。

「你，我都是查埔人，你想想看，我們多久才可以做一次？土想也知道。」

「博士的，講是這麼講，你就是跟人不一樣啊！」

「再怎麼說，人就是人，又不是鋼鐵煉成的。」

為了證實，長根邀他們三個上他的閣樓，去掉了褲子，讓他們相信他的話。阿龍仔他們看了之後，才相信謠言的誇張，實在可怕。至於利用摩鐵的保護費，長根說三個小時算一節三千元，或是時間多延長的，那些客人也都付了。這你們都可以去問他們，該怎麼付給你們，都很清楚。

這件原來想理由收保護費的麻煩，環河區的他們想都沒想到，長根會讓他們看到，令人驚嘆的彎曲的大鵰。

「博士兄，今天你對咱們很誠懇，咱們也無話可說。以後有什麼事咱們就照步來就可以。今天就算咱們打擾了。」

長根把客人送走了之後，阿蓼仔姨也下來了。「都走了。這樣也好，事情說明白了，以後也不會有什麼事端可擾。我剛才好怕你們吵起來。走了就好，走了就好。」她看了看覺得受辱滿臉不悅的長根，關心地說：「幫你燉補的有沒有吃？」

「什麼補都沒用。我剛才也跟他們講了，我不是鐵打的。我看不用再過多久，我就做不來了。」阿蓼仔姨聽得點點頭，看到客廳有小姐在，她小聲告訴長根到外頭出去一下。

「我也在想，不能讓你這樣下去。我偷偷告訴你，有兩位叫過你的阿桑，她們都很有錢，她們也認為你不能這樣下去。她們很想包養你哪。」她好像替長根高興。

「妳覺得怎麼樣？」他也笑了。

「她們雖然不是臺灣尚水的阿桑，但是都長得不錯，比我好多。」

「我們再說好不好？我們預先拿了人家掛號的錢，暫時不能再接受。我覺得身體漸漸堪不起了。」

「我知道，我知道。……」

他們的想法，有一部分跟阿龍兄他們的想法是一樣。他們在離開阿蔘仔姨的娼寮時，在回家的路上就談起來了。阿龍說：

「趁博士那一支還能做事，同時網路也炒得很熱。我們是不是也可以，想個賺他一把的什麼事來做一做？」

叫做烏土跟著來的小弟說：「是啊，一個一個來哪能賺多少？也做不久。」

「你有想到什麼辦法嗎？」

「我是黑白講，你們不要笑我喔。……」小弟烏土自己，一邊笑一邊把自己臨時的想法說了出來。

他說用表演的方式才可以賺到錢：一次多人看。就從前些天聽到的錄音，那個女的一連串叫床的經過，就夠辣夠嗆啦。阿龍和另外的小弟，聽得哈哈大笑，烏土的聽到一聲操幹叫，肩膀還挨了一拳，這不但表示贊同，也表示欽佩和讚美。

「我說真的啊！」烏土的難得大哥這麼有力的肯定，心裡高興得讓紅暈的臉上表情，笑得不是那麼自然。

「平常看你呆呆的，頭殼並不戇啊。」阿龍把手臂跨搭在烏土的肩膀，用垂在一邊的手，捏著他的胳臂說：「是啊！是啊！我們回去再好好想一想。」

說是說回去再好好想一想，話一開個頭，禁也禁不住，特別是烏土。他詳細地說明到哪裡找場地，包括它的容積，安全性，黑白兩道的人際關係。男主角當然是博士郭長根，女主角的角色條件要如何如何。觀眾要分成三種：一種是全部是女性，另一種當然全部都是男性，最後一種看觀眾的意思，有的是夫妻檔，男女一塊看等等……事情的粗細大小和藍圖，差不多都說得接近完整。

他說得叫阿龍大哥把跨搭在他肩上的手收回，從心底裡重新對烏土的這個小傢伙，另眼看待。

十八、更上一層樓

環河北的角頭阿龍哥，根據烏土的建議，經過三天，他們急著想再找博土他們，談談合作計畫。那天傍晚長根辦完了事，稍等片刻就被留在那一家摩鐵，他看到阿蔘仔姨，還有兩三個陌生人也一起走進來。這是長根和阿蔘仔姨事前都沒料到。儘管阿龍他們的態度十分和氣，笑著表示歉意，長根和阿蔘仔姨還是為對方突然的舉止，心裡感到驚慌和不滿。

「真歹勢，事情未先通知，就把你們留下來。我們先坐下來再來好好來講。」阿龍簡單介紹隊友的名字，他們一個都記不起來；不過每個人看起來，都是匪類的生毛帶角。阿龍說了他們的用意，重點也落在長根的身上，這才使阿蔘仔姨他們的心平靜下來。

阿蔘仔姨也正為長根擔心，無法長期如此這般，聽阿龍哥說起的辦法，這是一條可行的路。她看看長根，他也覺得可行。不過問題是在利益的分配上，談來談去阿蔘仔姨他們，始終感到吃虧的樣子。

「你們仔細想想。就算你一天接一個，一天能賺多少？以後還能做多久？」烏土接著陸續詳細說明，長根的酬勞最起碼也有五萬；小費另計。地點不固定，臺北市五星級以上的飯店，KTV和可開趴的大房間；起碼也得可以擠六十位。並且活動過程，我們有現場燈控和DJ。烏土還自誇要把活動辦得很夠藝術。他還說來欣賞的客人，他們也都為他們準備了像以前，看立體電影的那一類的墨鏡，要口罩也有口罩。當然，飲料是從水到酒，要什麼有什麼；就怕客人他們沒帶錢來。對了對了，小姐我們來找，一定會找到你非想要不可；有時候，我們看情形，多一兩個小姐進入助興，還有……。

博士長根和阿蔘仔姨，他們兩個都聽得目瞪口呆。其他還有許多細節，可以說該準備的都注意到了。然而長根的心，就是有一分不屈服，只是他想不出理由；奇怪的是，他這份不屈服的心，稍深刻去體會，就會覺得那根本就不是他的意識。要是晚上他一個人在閣樓的話，他一定會自言自語聞問寶貝。雖然合夥人都表露興奮，言笑充滿室內，長根無語，陷在近些日子來的夢境，想去解釋一點什麼出來。有幾位年輕美貌的小姐，有哭的，有笑的，其中沒有一個是他認識的；在夢中只有略微模糊的印象，努力地去回憶也記不起清楚的相貌之外，並沒發生什麼事。更讓他感到糊塗的是，在那一段叫床的錄音中，他也一連串念念詞語不清，只聽到好像是在叫女孩子的名字；聽起來較清楚的一個，叫娜杜娃。

長根好像慢慢意識到，器捐的人，他也跟在身上。他以前辦不到的事，好像從他手術完全復原之後才發現；特別是性能力。當晚，他只掏出寶貝，他越想越相信，寶貝是有它自己的想法；像上次在捷運擠車時，寶貝堅挺起來，人也一直想往穿裙子的女學生那邊擠，同時差些引起性騷擾的誤會；好在他及時跳下車，逃掉可能引起的麻煩。「另外，還有兩三次，我要往右，遇到紅燈你偏偏往左，拿紅單事小，要命啊！先生。」

竊笑……。

「你說。那是不是你的意思？」

沒有回答。

「還有我在夢中，常夢見我不認識的小姐？她們是不是你的女朋友？」長根抓住它，將它搖來晃去。「你不說我也猜得到。」

似有似無的嘆息聲。

「誰能意料得到？你也沒意料到，我也沒意料到，你的寶貝補救了我的寶貝。」他靠背半躺著抓住它：「你，你。我要怎麼樣來答謝你，報答你？」

算了吧。……

「算了？」停頓了一下：「說的也是。你不但救我一命，還讓我發大財哪。」想一想這樣的機遇，實在無法形容。

又聽到「唉！」一聲嘆息似的。

「唉……時啊！運啊！命啊！怨嘆有什麼用，攏是天註定啊。咱們的巧合，有一句話、一句話要怎講？我一時卻想不起來，……啊想到了。前無來者，後無古人。」

前無古人，後無來者。……

「對對對。前無古人，後無來者。沒錯，沒錯。哎呀，累了累了。」他哎哎嘖嘖，攤開雙手，打了一口深深的哈欠之後，不知不覺就睡著了。

一個多禮拜的時間過去了。

他們所謂的性趴藝術活動，被阿龍和烏土他們搞起來了；確實搞得有聲有色。本來擔心博士的炮火和炮管的能耐；他們就是這樣比喻著說的。居然辦了二十多場了，他還熬得過去。

「有了，有了。我都特別叫飯店的西餐廳，送咖啡和點心來給他慰勞慰勞。」烏土的小聲向阿龍哥說：「我都加了白粉。」

「你告訴他了？」

「沒有。但是，他好像知道。」烏土聳聳肩：「他也沒問，我就裝不知道。」

事情最得意的時候，背後隱隨著的麻煩，有如樹大不但招風，到夕陽即將西下的時候，背後的陰影越擴越大，到最後陰影貪婪重疊一片黑。

他們不到一個月，靈活的換場，表演了將近三十場，營收不少。同時新北、桃園、臺中還有高雄等地的角頭，都有派人來跟阿龍大哥接洽，希望性趴藝術活動，能到他們的地方，也讓他們沾點肥水。高雄是烏土的老家，當地的大角頭洪極坤，地方上都叫他紅頭，他也親自帶兩位隨身來找阿龍哥。

「紅頭大的。」阿龍說：「我們也很想去你們高雄，但是現在比你們更早就來洽合的角頭就有四、五個。如果講那個博士堪得起，我們也必需照規矩按步來啊。」他接著笑著說：「人又不是鐵打的，你想那傢伙還能挺多久？」

「這我都了解。就因為如此，所以我紅頭才親身拼來找你啊！」

「這樣的話，你叫我在角頭怎麼做人？」阿龍十分為難地。

紅頭大看看在場的烏土。他說：「社會不是這樣吧？說一就是一，說二就是二。人要站得起，親字不可放棄。就拿烏土來說，他不是我的親戚，也不是早前的朋友，至少他是我們高雄人啊。烏土，你說我說的對不對？」他看著頻頻點頭的烏土，再看阿龍哥。

看起來很難開口的烏土，看著他的頭兄說：

「阿龍大。我知道這樣下去，你很難做人。我想這件事情我來擔。其他角頭的大哥，讓我去說明，說我是高雄人，紅頭大的遠親，也是我家的親戚。……」他的話被悶悶不樂的阿龍打岔：

「你現在講到那裡去了？」

「大哥，你讓我講完。我們老實跟他們講，說性趴藝術活動是我想出來的，版權也是我的；當然別人或是政府的機關，不會承認這是可以申請版權的東西。我主要讓他們知道，我是高雄人，為高雄做點事並沒什麼不對。我贊成如果有下一站，就給紅頭大的他們。」

「烏土的，你能夠這樣替我去說明白，那是最好。」他向高雄的紅頭說：「就照烏土說的這樣了。」

「感謝，感謝。事情就先這麼決定；規矩就照你們現在做的這樣。咱們高雄什麼時候開始？」

「至少也要一個禮拜啊。臺北這邊，提早跟人收取的預售票，要先消化掉。你們回去先去接洽可以開趴的地方，要預先準備的事還很多很多。……」

紅頭首先是擔心能否接到棒。現在知道可接到棒，換個操心的是，高雄那裡有誰可以從頭到尾發落這件事？烏土有沒有可能？這些事情討論起來，舉辦性趴藝術活動，根本和想像差得很多。首先大家只想到發大財，接著呢？談何容易。今天跟人談到這樣的地步，硬著頭皮也得接了。

在他們要回高雄之前，烏土介紹他們的音控DJ給紅頭大的，看他們是否在高雄那裡，也有同業的朋友來幫忙。烏土的這一片善意，說他愛家鄉嘛……也是，最主要的還是他對性趴藝術活動的創始非常得意，他也將會得到很大的揚名。這對他來想，以後要在黑道這一途，攏出頭臉的話，回到高雄比在阿龍大這裡更有希望。烏土是愛幻想，想像力又很豐富；認識他的長輩，或是熟友，都會為他抱屈，說烏土可惜，沒讓他去念書。紅頭當然希望烏土親自下來幫忙。人家還沒開口，烏土已經忙著想，到高雄要怎麼做，才會比他現在在臺北這邊，做得更出色。

最後那一天，經過烏土的一番懇求，阿龍大沉思片刻：「你這樣說也沒錯。紅頭他們接了也做不來。說我就好，沒有你烏土我也做不來。總括一句話；事情辦完，要記得回來。」說完臉一轉就走，烏土看著老大的背影，深深吐了一口氣。

十九、捕風捉影

高雄的紅頭大，在他們一個星期的性趴藝術活動，贏得一疊一疊的鈔票，開了小型的慶功宴。會中紅頭大高興地站起來，對三桌的兄弟，還有本桌的幾位議員和不好露臉的人物說：「……真沒想到，我們這次的性趴藝術活動，竟然比臺北鬧熱。買票的人高雄不用說，北來自彰化、嘉義、臺南，當然是屏東各地。不是說，我們南部人比較保守嗎？嘿嘿……臺北，臺北不夠看了！來！」他舉杯：「來啦，」一看大家紛紛舉杯站起來，紅頭反而客氣起來，笑著急著說，「大家坐下來，坐下來坐下來……」沒人坐下來杯子越舉越高。看看同桌的幾位人物，他搖搖頭笑笑。然後大叫一聲乾杯。大家不但乾杯，好像有人帶頭，大家放下酒杯，熱烈地鼓起掌。在這麼興高采烈的同時，兄弟桌那裡，竟然有了爭吵。

「拿來給我！」

「你緊張什麼？」

「你為什麼拍照錄影？把手機給我！」

拍攝的人，把拿手機的右手掖到背後，追問的人熊抱著對方，他們貼緊得像要親吻。

紅頭大很客氣的對同桌的幾位人物，壓低聲音向他們道歉：「真歹勢，少年的突然給我演這齣。就請您們幾位先離開，以後再補請。以後再補請。」

貴賓迅速紛紛離開。有一位像是跟治安有關的貴賓，他移近紅頭拉他的胳臂說：「千萬事情不要給我鬧大。」一說完轉身就走。連紅頭回他，請放心的話也沒聽到。

爭吵的人已經分開對視。拍照的人手機仍握在手上，沒要到手機的人握緊拳頭，等紅頭大走過來。

「手機給我。」他用很平穩的語氣說。

對方乖乖地把手機交給紅頭。紅頭對大家說：「沒事了。還有四、五道菜，大家吃完再走。今天的菜是我拜託老闆特別訂的，說有貴賓客人，不要讓我漏氣。」他嘆了一口氣：「老闆很幫忙，菜色澎湃，沒讓我漏氣。哪知道剛剛給我舞這一齣戲。好了，不要去想。你們兩個也坐下來吃，不要再在那裡犀牛照角。」

是都平靜下來了，菜也一道一道出。貴賓桌的菜也都分湊到其他餐桌，紅頭大挪了一張椅子，塞在兩人爭吵的同桌。

「到外面，不要談起剛才發生的事。」紅頭嚴肅地說。他稍轉個頭看著用手機拍攝的人，「誰叫你拍照？」

靜默片刻，拍攝的人說：「我不是偷拍。我公公然然站起來拍，很多人都看到，不是偷拍，是一時的歡喜，其他什麼都沒想。」

「你這麼說，我可以理解。但是以後發現漏到外面，你的手指頭，我會一枝仔一枝，給你剁掉。」

「大的，手機在你那裡，請你把它洗掉。」

紅頭沒回話。他把手機丟還給他。他一接到手機即刻就把剛才拍到的畫面洗掉。

烏土去要了兩個紙盒子，為長根撿一些龍蝦九孔之類的海鮮和小牛排打包。席一散，跟紅頭打個招呼，就直往飯店去看長根。

時間離開趴的時間，還有將近三個小時。

烏土上到長根休息的房間門口，左右看看，再輕輕敲打他們的暗號。一次，沒有應門，第二次，稍等片刻，長根還是沒應聲。烏土心急了，但他仍然小心左右探看，再敲。門終於開了，烏土見縫就推進，卻因門鏈尚未解栓而發出聲音。烏土從門縫看到長根就在門後，一邊放下心，一邊為了卡門的門鏈發出的聲響；其實那聲響並不大，才放下的心，變成吊膽。他急切又小心：「快把鏈子拉開。」長根的動作慢了一點：「快啊！」

鏈子一解，烏土一閃就進來，搶著趕緊把門關上。

「嚇死我了！」他把打包回來的東西放在桌上，一邊說話，一邊打開。

「我睡著了。」

「快過來，我替你帶好料的。快來吃。」

長根吃得津津有味，烏土看著他吃，心裡想著一直不解的疑惑，而不好意思問的問題：你怎麼那麼有能耐？他還是在心裡唸著。唸著，唸著嘴巴一開就成了話：「長根，你的膏怎麼來的？」

「什麼膏？」他一臉茫然看著烏土。

在這種時候說的膏，臺語是用來比喻精液。長根一下子沒聽懂，烏土稍把腦袋一仰，用下巴和右手指，指著他的下體。長根愣了一下下，很快地就笑起來。

「知道了吧。」他的笑臉破成笑聲。

「老實講，我的膏很少被擠出來啊。」

「難道你不爽？」

「爽是爽，沒有她們那麼爽死。」長根笑了笑說：「我來做比喻你就明白。當我們耳朵癢的時候，就用手指頭去掏耳朵。你說這時候，耳朵比較爽呢？或是手指頭？」

懂幽默的烏土聽了之後捧腹大笑，指著長根的手臂和指頭都彎曲無力。長根看著對方，自鳴得意，認為對方對他讚美。是的，烏土是莫名地欽佩他。

「這是過去我的經驗，其實也是大部分查埔人的經驗。查某人還未爽，我們的膏就沒了。這次我的大鵰出奇特別，她們爽到哀爸叫母，水都漏一灘，就因為這樣才有戲看，看的人也爽啊。」他又補充說：「對了，不要忘了咖啡加白粉喔。」

「你知道？」

「你我咱都是黑道，不知道怎麼能在這一途鬼混。」

「對對對……」。

「對了對了，差點忘了講。前天那個叫床叫得很OK，但是她狂爽到抓人咬人。最好避免她。拜託，我怕她。如果另一個，爽到亂說髒話，最後就暈過去那一位倒不錯，效果也超讚。」

烏土的手機響了。是紅頭緊急地要他過去，說有很重要的事。他向長根說，時間到了就會來帶他，要他好好休息。

烏土趕到紅頭說的一家裡面有小包廂的咖啡廳，一進門就看到六、七個人，幾乎坐滿室內貼牆環狀的沙發。紅頭先介紹屏東過來的角頭老大張火炎大哥；他咬檳榔滿臉通紅，禿頭照人，握起手鑾帶緊，說話沙啞有力：「人家都叫我火炎仙。我的右手邊是老三；我們老二替他擔起殺人未遂，重傷害之罪坐監。隔壁他叫太郎。」他們也都咬檳榔，腮幫子兩邊的肌肉，成條狀一緊一鬆。太郎遞一顆檳榔給烏土，他接過來就放進口裡嚼。

「紅頭大講這個性趴藝術活動，全盤都是你的構想，發落也是你，真正是無簡單！」

「不敢，不敢。是大家同齊出力的。」

紅頭心裡知道，屏東這一幫沒稍讓的話，恐怕以後多少會有麻煩。他站起來岔開他們插話：「我先交代兩件事。剛剛紅燈在我們聚餐那裡先走之後，回到局，下面就向他報告，說咱們這裡在辦趴，連網路也有不少的檢舉。所以今晚不能不帶隊出巡，或者直接攻入。只有這樣才能向頂頭交代。」

「大哥，今晚參趴的客人滿滿，怎麼辦？」烏土顯得十分緊張。反而紅頭竟能談笑似的安慰大家。他說：「首先我也嚇壞了。好在後來經他教我，這樣那樣，目前我不能說，只能速速去鋪排，要快，時間不能拖。我說完就要出去，請火炎仙諒解，今晚的活動你們也都會參加吧。第二項事情，火炎仙想要插一腳的事，我全權放給烏土跟你研究一下。沒時間了，我得走。」他站起來跟火炎他們握握手，再轉向烏土說：「屏東跟我們是同括的，好好研究研究。」隨他的兩個跟隨，一個在前開門帶路，一個隨後保護。

「你們的紅頭大，有夠神祕啊。」火炎喜臉讚美。

「在我們這一途，他做人不壞。他剛剛對我的交代，已經表示同意你們在屏東包幾場。」

「起先我也想不到這麼好講話。」火炎仙感到很爽快。

「因為時間緊迫，咱們就直講。這個活動，可能再過一個禮拜，才能移到你們屏東那裡。」

火炎皺眉表示疑惑。

「第一，我們高雄這裡後頭幾場，都跟人收了錢了。第二點，老實講，要做這樣的性趴藝術活動，有不少大小事都得花時間，四、五天的時間才籌備得了。那是指萬項都順利。」他看著他們聽得頻頻點頭，說話就沒有心理上的阻礙。他就把在臺北，高雄的經驗詳詳細細的說出來，並交代他們回去之後，馬上該辦該做的事，統統說明白，也同意火炎仙的要求，答應過去掌控整個事情的進行。最後他說：「不過最最要緊的是，希望老天保佑，保佑我們的男主角，平安無事。」

最後的這句話，把聽得入神的火炎仙他們，像是突然叫醒過來。老三挺坐起來說：「會有事嗎？」

「在臺北和高雄，你都在場，有發生過什麼事嗎？」太郎接著問，火炎仙一臉嚴肅地聽著。

「是沒發生什麼事沒錯，倒是有一位小姐爽到挺不住，暈厥過去，全場哄堂大笑。大家捨不得離開，想等小姐醒過來。等了一陣子，頭手和腳糾縮成胎兒在子宮裡的樣子，側臥不動。但是突然間，小姐翻轉正躺，手腳直愣愣擺平。伴場的小姐過去貼耳聽心跳。她猛一抬頭大叫，說她死了。當然最後送急救，就救回一命，……」

「啊哈哈……，真的有爽死的事，哈哈……」，說的人，聽的人都笑了。剛才擔心的事也變沒事了。

當晚在某一個高檔的卡拉OK的地下室，性趴要開始之前，人已經擠滿了；屏東來的火炎他們三個人也在裡面。紅頭去處理的事，全都用手機跟烏土聯絡好，並交代不能向任何人吐露。要他記得有人來敲門聲的暗號。

烏土拿起麥克風：「多謝大家的捧場，今晚擁擠了一點，請各位多多包涵。照理說，」他看看手錶，「現在正好十一點，我們的節目應該開始，但是男主角有一點事，會耽誤一點時間，請各位稍忍耐，我保證不用多久就會開始。在等的這一段時間，眼前的這三位小姐，大家一起先來唱卡拉OK好不好？」自己安排的幾個人，帶動和鼓掌，使整個地下室都活絡起來。

其實，這個時候，這家卡拉OK二樓，有一、二十人的黑衣青少年，在一個大房間裡打群架，警察的保安隊伍也趕到。他們趕上二樓時，群鬥的人早已把房門打開，裡面有人在打，外頭也有幾個在鬥。摔酒瓶，扔椅子，翻桌掃杯盤的，場面火烈。警察猛吹哨，手握手槍大聲叫：趴下！趴下！效率好到令人欽佩；沒一下子，就把這一、二十個打鬥的人，押離卡拉OK。

地下室的特別房間，馬上有人來敲門傳暗號。烏土看看錶，還不到半個鐘頭就OK，心裡佩服著紅頭老大。他一邊叫人到隔壁房間，去把長根帶進來，一邊等著正在唱的歌唱完，他拿起麥克風：「各位貴賓，讓大家等，真歹勢！咱們等著要看的節目就要開始了！」話一完，音響效果和燈光重新起動，熱烈的掌聲迎著大鵰英雄進場。長根戴著幾乎可以算是面具的黑眼鏡，由三位小姐，一左一右牽著男主角的左右手，一個隨後，隨著音樂，慢慢地在室內繞行三個小圈。接著由小姐，慢慢地從上到下，把長根的衣褲剝光，她們也由自己脫光自己的衣服。然後跟開始一樣，慢慢地繞了三小圈。再從前戲暖身到終場，整個節目進行得讓所有的觀眾，達到忘我之境；說不定有觀眾，專注到忘了呼吸，噎到驚醒過來。連烏土自己也感到十分滿意。難怪大部分不懂得什麼是藝術的觀眾，都異口同聲的稱讚，說有夠藝術！太藝術啦！或是說，足藝術！

事後，紅頭笑嘻嘻來會火炎仙他們：「怎樣?!」

火炎仙拱手回笑：「甘拜下風！」

「紅頭大，演出前的警察大隊和打群架，都是你安排是嗎？」烏土欽佩地望著老大。

「我？我哪有那麼有夠力。是局裡的教我這樣，配合他們那樣。沒這樣，局裡的對一些告密，和網路舉發的，對頂頭不能交代啊。」

話一說明白，大家開懷大笑。

二十、萬幸

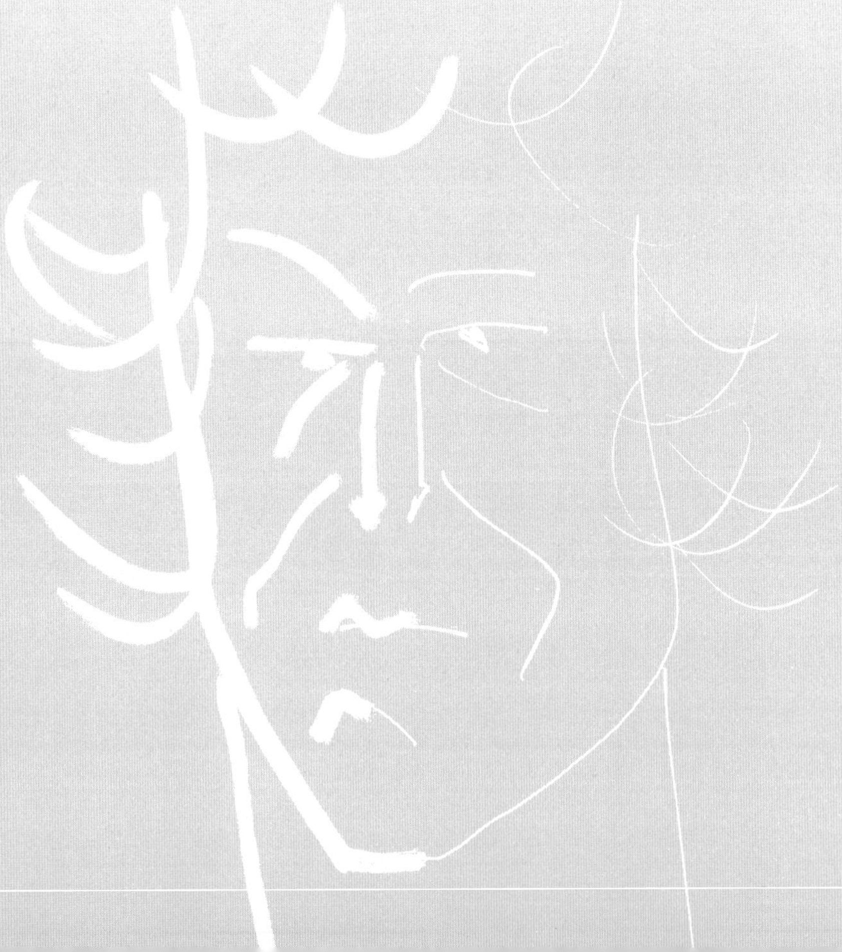

郭長根被謎內峰子剪了他的香腸，即刻獲得器捐，救了他一命。這豈止千載難逢，真的，除了他自己和阿蓼仔姨，都嘆謂萬幸，萬萬幸。後來連命運都翻轉；早前在河邊跟阿蓼仔姨聊到，他小時候，老人家替他找過相命的，說這個小孩，以後不是大好，就是大敗。阿蓼仔姨認為那個相命仙，說得很準，說看看現在不就是從大敗，轉成大好了嗎?!

接受了器官移植復原之後，也找回青壯的男子漢了。從河邊阿蓼仔姨那裡，再轉到環河北區，在烏土神來之筆的創意之下，一直到高雄紅頭大哥那裡，再到屏東火炎仙到恆春這裡，繼續性趴藝術活動到今天，我長根是賺了不少錢。可是命雖是撿到了，錢也有了，然而樣樣全都由別人控制著我：失去我個人的自由，包括呼吸的空間，僅在小小的房間，不是表演性趴的藝術活動，就是被隔離在五星級的飯店，或是KTV、卡拉OK的地方見不到天日，說是讓我休息。這和坐牢有什麼差別？說真的，如果可以換坐牢，我倒是會高興。還有，性交的事，也令我作嘔到極點。……。我啊？和機器人有什麼差別？長根想了想，驚訝地振作清醒一下。有啊！機器人，它就不會像我鬱悶痛苦。如果我能變成機器人，我也願意！我，我……。他自語個沒完。

唯一真正可以對談的，只有自言自語，聞問自己。這都是在休息時，半醒半眠的狀態，有時似是夢囈。但當他清醒，卻多多少少又可以憶起，自言自語的一些內容，而令他感到莫名疑惑的，好像有你我的對答。在朦朧的記憶裡，他憶起這樣零零碎碎的對話：

「郭長根！你不要跑——！」

「不是我。不是我。」長根想到他沒命地往暗地裡跑去。

「不要跑——！」緊追過來的聲音，落在稍遠的後頭。

那一次，長根嚇醒過來，發現自己氣喘頻頻，滿頭大汗，兩手緊緊握住下體。他把雙手放開，看到失去血色頹敗的大鵰。他伸手想去輕撫，即到了跟前，手，像是要去觸摸別人的下體，有點難為情地懸在那裡。這只是一個稍停頓的瞬間而已。

他把手放鬆，托著癱頹狀態的寶貝說：「從臺北到南部恆春，一路勞累了你了。你想要怎麼樣？你說。」他說著，說著又入睡眠。他竟落入從電視新聞看到的造勢場面，群眾喧嘩沸騰中，竟竄出尖叫：「你給我死出來——！」

他只聽到尖叫，看不到人。聲音像是向他逼近。他又驚醒。諸如此類的夢魘，斷斷續續騷擾不息，而逼使得懊惱到不想活的地步。更悲哀的是，被看管到求死也不得。

然而，另一方面，前一晚，屏東的第一場性趴藝術活動，火炎仙不用說，連烏土自己從北看到南，頭跟到尾，一看再看的人都驚嘆不已；那種哄堂超熱，超Hi。他不由得向老三說，你們屏東實在有夠看。見火炎仙也這麼說。其實火炎仙他們才佩服烏土；佩服到替他惋惜，說像他頭殼這麼優秀的少年家，沒讓他去讀書，真可惜。類似這樣為烏土抱憾的讚美，烏土在臺北，在高雄都聽過了。他得意歸得意，思考細膩的他，可以說沒有一天叫他不提心吊膽。

當晚烏土去長根的房間，陪他吃飯時，先讚美他前一晚突出的表現。希望他今晚繼續加油。談話間，烏土直覺地感到不大對勁。

「聽你講話有氣無力，到底發生什麼事？」

「今天他好像不來勁。」語氣也一樣不來勁。

烏土一下子沒搞懂，急問：「他是誰？」

「他就是他啊。」長根勾頭看底下。烏土這下才弄懂。

「你就是你，還說什麼他。害我嚇一跳。」他笑著。

「他就是他！」他認真的說。

「你是不是病了，不舒服？」他伸手過去摸摸長根額頭，「還好吧，不覺得有發燒。」

「是我的心發燒，你怎麼摸得出來？」

「我知道你累了，天底下沒有人像你這麼有能耐。」他看看手錶，「還有四個鐘頭。好好休息，我不再吵你。」最後舉個拳頭，補了一句加油，笑了一下，走出長根的房間，門一關，把笑臉留在裡面。到了外頭愁眉上臉，擔心長根之外，網路上的諷刺和短而尖銳的攻擊，如碰觸蜂窩，受到傾巢的攻擊。例如：

「……，射鵰英雄——，您在那裡？」

把文化創意產業，簡稱文創也用上。說：

「臺灣獲得諾貝爾文創獎，卻找不到得主。可惜了！」

「醫美的最新項目，短時間即可讓小鳥變成大鵬。」

「又爽，又有錢賺。何樂而不為乎？」

這些多到不勝枚舉，還有KUSO加插圖的，讓人看了禁不住哈哈大笑。

當然也有十分正經嚴肅的批評：

「器捐救人命，怎麼不分受捐人的青黃皀白？」

「救一個人，去害更多的人。」

「拜託，性趴可以叫做藝術活動，也可以叫做文創？」

「有文化單位的鼓吹，保安單位的衛護，又是文創，又是藝術活動。臺灣的文化水平，人文素養，……」

「醫生就是不分好人壞人，救人一命第一。這是史懷哲最高的醫德。請教方家，這和愚忠愚孝有何分別？」

這些網路上的騷動，有關單位是無法睜一隻眼，閉一隻眼，到了某種程度，還是會動手。當烏土提醒火炎仙，他笑著安慰烏土說：「你家老大紅頭，那一天排了一陣調虎離山計。我這火炎仙鉤了不少魚餌，上鉤的魚不少。他們不能不小心上鉤的鉤，有倒鉤齒！知道吧。」一臉無畏。「昨晚的成功，你占一半以上的功勞。今晚，大家更加期待。長根他有在好好休息嗎？」

「他只能在房間，自然就是在休息。」但他沒把去看長根的情形，還有他的憂心，告訴火炎仙。

「今晚，有六個人硬要擠進來。本來跟他們說下一場，他們說要找你。為了避免對大的囉嗦，我就答應了。」

「議會那幾個？」

「不然還有誰？」太郎有點歧視，但又抱幾分無奈的語氣說。

烏士說要到現場看看就離開了他們。實在是出來透透氣，想一想，出了問題怎麼解決。最先想到長根的問題；這問題最嚴重。

他一個人在飯店西餐廳喝咖啡，吸菸，菸蒂有半截就按熄的，也有整根像點香，讓它暈燒升煙裊裊，等待某種靈感浮現。

時間很快就逼近。小嘍囉興奮地跑來向烏士報告：「現在差不多人都到齊了，要是再有人來眼罩就不夠。」

「那就沒事先訂位的，不能再讓他們進來！」烏士反而覺得很煩。「啊，對了。把冷氣降低。」說了就轉到隔壁長根的房間。

他看到來開門的長根，心就糾了起來。進了門，他扶著有氣無力的長根坐了下來，看著垂頭的長根，注視了一兩分鐘；其實他的腦筋忙亂到不可開交。烏士稍一定神才開口輕聲問他：

「有要緊嗎？」

長根等到烏士急切的重問之後，垂下來的頭抬都沒抬，緩緩搖了搖頭。烏士靠近摸摸他的額頭，另一隻手貼在自己的額頭，覺得沒什麼異樣。他急了…「喲喲，你嘛卡拜託一下。時間還剩不到半點鐘，你……」

「我跟你說過了。是他啊！你怎麼怪我？」

「他？」

長根這時才看了一下烏土。長根接著說：「現在你終於明白了哼！」

「亂講。我明白什麼？」

「他啊。」

烏土急著要去找火炎仙。他才打開房門，就看到正要敲門的老三的手，落空懸在面前。外頭的人笑著，說有這麼巧。

「我正要去找你們哪。」剛剛為了碰巧的笑臉，即刻改色。還沒踏進門的老三、太郎和火炎仙他們的臉，也隨著被感染某種程度的緊張。

「我們到外頭講。」烏土回頭的同時，和他們往裡看了一下垂頭坐在那裡的長根一眼，門就由烏土關了。

「到底發生什麼事？」咬著檳榔的老三問。烏土被三人圍了半圈，一下子不知要怎麼說，半開著口發愣。

「裡面那傢伙按怎？」火炎仙不悅地逼問。
「我看今晚熄火了。那一支挺不起來。」烏土無辜地回了話。
「客人都塞得滿滿了，……」老三話沒說完，太郎拉開烏土向前踏幾步，想推門進去。烏土回轉身拉住太郎，火炎仙壓低聲音叫住太郎。「解決問題比較重要，不是要惹事。時間就要到了，看烏土有什麼辦法，咱們大家一起來想。」
「在這裡？」太郎問。
「沒時間了，不到半點鐘就要開始了，不在這裡，你說要到那裡？」火炎仙帶著教訓的口氣，微微發怒。
停了片刻，烏土盡量使自己平靜。他說：
「這款的事，你我咱們都不希望發生，但是，事情變成這款，我們要逃也逃不掉，只好面對。………」
「要怎麼面對？」老三急著打岔。
「唉！你也等我說完嘛。卡冷靜一下。」

「不要再插話。」火炎仙忍氣地說。

「多謝老大。」烏土除了聽到他們嚼檳榔的聲音之外，再沒聽到會擾亂他的聲響。他跟過去一樣，好多事情的作為，都是在緊急中逼出辦法來。有火炎仙的支持，他的想法，一個環扣一個環，一個一個地扣成鏈環。他說照時間開趴，出場的儀式照常進行。然後怎麼怎麼，他都說得清清楚楚。他們三個人靜聽到完，剛才緊繃的氣氛早都消散了。他們對結論不是滿意，可是暫且解決了問題，也是很重要的事。

「先這樣做，大家都聽清楚了。」烏土看了看大家的笑臉上，半開的紅唇黃牙，使他放下沉重的心又說：「我們每個人要做的事，不要耽誤。要是有問題，現在就提出來。」

「烏土的，我比較不會講話，不要讓我講太長。」火炎仙未臨險境，就開始求救。

「老大哥，你免煩惱。到時我會在適當的時候，打斷你的話，搶話講。」

「好好好，拜託拜託。」火炎仙拱手抱十搖拜。

時間不饒人，性趴藝術活動時間一到，節目照原來形式進行。

室內開場音樂一響，燈光閃耀，司儀小姐透過麥克風，喊叫：「性趴藝術活動開——始——！大鵰英雄進場——！」滿堂爆轟的掌聲不停，隨著側門一推開，三位參趴的小姐，左右牽著大鵰英雄，後頭跟著女主角，緩緩繞了小三圈，由小姐替長根剝光衣服，接著小姐自個兒全脫光，再慢慢繞三圈。群眾開始起疑；大鵰不是彎翹得像一把手槍嗎？怎麼像一截脫水頹廢的老薑？觀眾有些騷亂。烏土暗示火炎仙去拿麥克風。前戲由小姐怎麼調都調不起大鵰的勁，但不停。騷動聲加上紛紛不滿的喊話。火炎仙開口了：「各位兄弟朋友，」沒人理，「各位兄弟朋友。各位兄弟朋友，請你們聽我講，……」還是沒人理。這時火炎大的，拿出黑道的霸氣，一手插腰，一手拿麥，大聲一叫：「好啦！」像震撼彈一炸，即刻變得鴉雀無聲。他瞪眼掃視了觀眾，之後改為笑臉，客氣地說：「真正對不起大家，我火炎仔，從來就沒這麼漏氣過，我想你們裡面的人，有不少人知道才對。」他停了一下，「今日給我舞這齣，是我完全想不到的，」他笑起來補充，「不對不對，歹勢歹勢，說想不到是騙人的。你們想想看，你說人是鐵打的嗎？我們包括大鵰，我們攏是肉做的。你們想想看，肉做的查埔人，是安怎堪得起，三、四十天，從臺北到高雄，接下咱屏東恆春，每日和查某性趴，每一回都讓查某爽歪歪，爽到哀爸叫母。你們說有誰做得到？你去找阿啄仔美國仔，也不能跟咱們比啊。」沒想到觀眾反過來笑翻了。「各位兄弟朋友，我火炎仔不會給你們吃虧，我等一下，會叫我的好友烏土的來向各位做個交代。」他突然想起，「我剛說我的好友烏土的，差一點忘了向大家介紹他。烏土老弟，你過來。」

烏土一邊走向火炎仙，一邊向觀眾連續半鞠躬，走到火炎仙的跟前。火炎老大跟烏土握手後，對大家做了介紹：「各位，這一位就是我的好友烏土。咱們這回的性趴藝術活動，是他一手創辦的，電視報紙常提起的叫，叫叫做文文什麼來的，」臺前有人喊文創。「文創，是文創。還有性趴藝術活動，這頭到尾，攏是他的傑作。」掌聲中把麥轉給烏土。當大家的注意力集中到烏土時，太郎悄悄地把男女主角帶離現場。

「多謝火炎仙老大的照顧，還有大家盡力的捧場，性趴藝術活動到了屏東恆春的昨晚，已經達到最高的境界。臺北和高雄，跟咱們屏東比起來，還差了一小截。這是咱們屏東人的驕傲。……」在掌聲中接下去說：「講起咱們的屏東人，政治人物大咖的就有好幾位，大企業家也有好幾位，生物的研發銀光魚，行銷世界各國也是屏東人，再說起黑道的鱸鰻，流氓，也是最兇悍，最大尾。另外一方面，全臺灣講起來，臺東和咱們屏東，大部分的老百姓，也比較窮困受苦，可是咱們在這款的生活中，磨出堅強的意志，做咱們的屏東本地牛，嘛比北部牛有力，經得起拖磨。……」

烏土開了一段，自己也沒預料到的說詞，踩了煞車，把分為三種補償的辦法，做了詳細的報告。有幾位觀眾的疑問，也重複說明白。剩餘的一大段時間，請前面的小姐，穿三點式的比基尼，出來帶領大家唱卡拉ＯＫ。烏土教他們從屏東調的〈思想起〉開頭。看樣子，觀眾都能諒解，只有太郎和老三，雙手交叉抱胸站兩端牆角，展威制約全場的動靜。到了終場的時間，照常結束，勉強還算圓滿。

散場後，火炎仙笑著走近烏土說：「格老子，我差一點被你害死。你說我不用講太多，你會出來搶麥替我講完。結果呢？你這烏土。」火炎仙樂歪了。

「太郎，老三，你們都聽到了。老大說得鏗鏘有聲，觀眾聽得服服貼貼，我怎敢去打斷你的話。老大，真的有夠讚！」

「今晚總算過關。明天怎麼辦？」老大耽心地問。

「我跟你們說，長根近來從高雄就開始怪怪，今天最明顯了。所以你們暫時不要去看他，讓我去看他，跟他說說話，看他到底有什麼卡住。」

經烏土這麼說，連比較衝動的老三都連連點頭。

烏土帶點心，趕緊趕到長根的房間。

長根半躺在折疊墊高的棉被，弓起雙腿，垂頭喪氣。其實，他是為了應門才把褲子穿起來。

「好佳哉。今晚總算過關。明天，看明天啦，大鵬長根啊！」烏土關心他跟明天的出場。長根有點失神，是從退出場回到房間到現在，他就陷入現實與虛幻之間。烏土的苦口婆心，還有耐心，叫長根不忍不回應。

「我也不希望他這樣。我一個人的時候，我也苦苦哀求他，他不理不睬，不理就不理啊。」他有氣無力地，「我是無步了。」

「先不要煩惱，今晚到明天，還有一整天的時間。什麼都不要去想。」

烏土的安慰，沒發生效用。

「不是我啊，是他啊。」

烏土不想再聽了，他也不想再說什麼。他揮揮手就走了。長根隨後鎖上門，回到床上，這一路來的習慣，把褲子脫得精光，斜躺著又開始拿捏軟趴趴的大鵰。一樣的自言自語，到半醒半眠的狀態。

「今天你讓人看破手腳了。有人說你像一截脫水糾結的老薑。現在仔細看，他們說得很傳神。」

丟臉。

「是你丟臉！怎麼會是我？」

愛錢還怕丟臉。

「說的也是。剛開始時是這樣沒錯。那時候不知道有你啊。」

現在呢？

「現在？現在我，我，我也迷迷糊糊，我，我……」長根又陷入昏迷裡浮浮沉沉，拋出夢囈：「你們事先沒想好……，是你們！……，我不要，我不要！……不行！不行！那是我的錢！……」

接著夢幻中，他又看到一群人潮湧上來，大聲叫嚷：在這裡！在這裡！突然有個看不大清楚的人，衝過來緊緊地抓住了大鵬：「還給我——！還給我——！……」

這些朦朧的記憶，有不少的重疊。他驚醒過來，又看到自己的雙手，緊緊捏住大鵬，想要放手，手不聽話。用力清醒過來的意識，手才聽他使喚。手放開了；跟先前的情形一模一樣，大鵬失去血色，頹皺得比脫水的老薑更老。

隔了一天。

性趴藝術活動即將開趴的晚上，火炎仙他們那一幫派的人，因大鵬英雄不挺的情形，針對長根，面對騷動觀眾，全都抓狂了。至於烏土，他深陷兩難，困擾得要命。

太郎帶二、三十個人，到性趴的地方，門外走廊留二十個黑衫兄弟，每個人手拿的不是球棒就是其他武器。同樣的，另帶七個人擠進開趴的房間，太郎站前，其他在後一字排開。太郎強裝笑臉，面對大眾說：「列位好朋友，我太郎今晚代表火炎大，向各位致最深的道歉。性趴未當順利來進行，這絕對不是咱們做的手腳，咱們的希望跟大家一樣，希望可以順利來進行。所以剛才引起大家失望，卻怪罪是咱們的欺騙。這款的誤會，經過咱們的解釋，還得不到諒解；坦白講，咱們也認了。做媒婆不包生子！最後讓我再拜託列位好朋友，現在開始解散。」話是這麼說，裡面氣氛繃緊得要命。

觀眾雖是小聲跟身邊的人抱怨，但是人多聚集的小聲，經共鳴而成為嗡嗡不安的聲響。太郎還是控制霸凌的情緒，他再透過麥說：「請各位慢走。我後頭的七位兄弟，還有外頭的走廊，也有一、二十位兄弟，可以侍候大家。請大家慢走。」

太郎總算擺平了抱怨的觀眾。

隔壁長根休息的房間，雙手緊抱縮腿，額頭緊靠兩個併攏的膝蓋之間，頹坐在床下的地板。火炎仙雙手抱胸，怒視長根。烏土一臉愁苦無助。老三盛怒，彎腰又指又啄長根說：

「你說什麼瘋言瘋語！他？他？他是誰？」每說一句就往長根的後腦勺指指點點；到後來罵他的話變得急迫綿密時，點啄的動作像是念經敲木魚。「為什麼你在臺北時，不發生這樣的事？到高雄也沒發生，為什麼？為什麼偏偏在咱們的屏東恆春來發生？你實在讓咱們屏東，讓咱們火炎老大漏氣，蒙羞？是安怎是安怎是安怎？？？」

萬萬沒料到，龜縮成一團的長根，兩腿一伸，兩手握拳，猛一抬頭瞪著老三，火辣地叫起來：「你那麼行！你來代替我就好了嘛！」

其他三人，大大地嚇一跳，老三還被羞辱似的難堪。大家一時無言，至看到長根又恢復原先龜縮的狀態時，火炎仙瞪老三一眼，偏一下頭看長根，再把頭往門一偏，老三明白了。他走到長根的身邊，伸手抓提長根的後領，把長根提起，靜悄悄地帶走了。烏土驚慌地望著火炎仙。火炎仙說：「請你放心，這跟你烏土無關。」後兩字無關拖得長一點。「走吧，我們去喝一杯。哎，心肝煩惱比去做更辛苦。」他們一起走出外頭去了。

老三帶走長根，隨後還有三個人，分坐兩部車往偏遠的地方，鑽入小路，到一個灌木叢林的小丘。他們把長根的雙手往背後綁，帶下車走著，穿過相思樹林，到了隱約可以看到三面的海洋，老三要他們停下來，命令把長根的褲子脫掉。長根像個死人，讓人愛怎麼著就怎麼著，他的頭垂得像是沒有頸椎。

老三不管長根看不看，他對長根咬牙切齒說：「不管你看不看，我來告訴你，你的前面，我的背後是三面海。你的正面是巴士海峽，你的右邊是臺灣海峽，你的左邊是太平洋，由你來選，看你要在那一面海，當水鬼，當兩棲部隊，我老三可以幫忙你。……」

任憑老三糟蹋多久，長根一直像死人，毫無反應。這反而更激怒老三。他急切叫一聲：「好！」身邊的人按亮手電筒，往長根的脫水老薑照。老三自覺得，要做就得做的痛快，不猶豫，輕聲有力地叫：「剪！」

身邊的另一個早就做了準備的人，拿出一把大剪刀，靠近長根，他叫提手電筒的人，把光照過來。他拉了大鵰，對準縫合的傷痕，咔嚓一聲的同時，老三冷笑著說：「再剪。再見！」身邊的人也陪著冷笑起來。長根的大鵰因麻痺的關係，讓他咬緊牙關忍痛不出一聲。老三留下兩個人，處理後事，另外一個人跟老三先走。那兩部車子，早已調轉過頭在原地等候。老三要後頭的車子，留下來等未到的兄弟。

車子在坎坷不平的小路，彈跳著下坡，有如此刻老三的心。老三愈想愈不服；因為長根從頭到尾，都沒向他求饒，連哼一聲都沒有。這卻叫老三感到，是被長根打敗了。

車子的引擎聲加上彈跳聲混合的聲中，老三似乎還聞見，長根肯定的卸責與指責：「是他！是他！……」的叫嚷，其餘音在空氣中裊擾不散。

是──他──！

是──他──……！

……

聯合文叢 652

跟著寶貝兒走

作　　者／黃春明
發 行 人／張寶琴

總 編 輯／周昭翡
主　　編／蕭仁豪
編　　輯／林劭璜
封面設計／賴佳韋
資深美編／戴榮芝
校　　對／李幸娟
業務部總經理／李文吉
行銷企劃／邱懷慧
發行專員／簡聖峰
財 務 部／趙玉瑩　韋秀英
人事行政組／李懷瑩
版權管理／蕭仁豪

法律顧問／理律法律事務所
陳長文律師、蔣大中律師

出 版 者／聯合文學出版社股份有限公司
地　　址／(110)臺北市基隆路一段 178 號 10 樓
電　　話／(02)27666759 轉 5107
傳　　真／(02)27567914
郵撥帳號／ 17623526 聯合文學出版社股份有限公司
登 記 證／行政院新聞局局版臺業字第 6109 號
網　　址／http://unitas.udngroup.com.tw
E-mail:unitas@udngroup.com.tw

印 刷 廠／沐春行銷創意有限公司
總 經 銷／聯合發行股份有限公司
地　　址／(231)新北市新店區寶橋路235巷6弄6號2樓
電　　話／(02)29178022

出版日期／ 2019 年 10 月　初版
定　　價／ 300 元

ISBN 978-986-323-319-0（平裝）

國家圖書館出版品預行編目資料

跟著寶貝兒走 / 黃春明著. -- 初版. --
臺北市：聯合文學，2019.10
224面；14.8×21公分. --（聯合文叢；652）

ISBN 978-986-323-319-0（平裝）

863.57　　108015203